KB065398

로크미디어가
유혹하는
재미있는 세상

망한 가문의 검술 천재가 되었다 1

2022년 11월 15일 초판 1쇄 인쇄
2022년 11월 18일 초판 1쇄 발행

지은이 소구장
발행인 김정수 강준규

기획 이기헌 왕소현 박경무 강민구 조익현
책임편집 천기덕
마케팅지원 이원선

발행처 (주)로크미디어
출판등록 2003년 3월 24일
주소 서울시 마포구 마포대로 45 일진빌딩 6층
Tel (02)3273-5135 Fax (02)3273-5134
홈페이지 rokmedia.com E-mail rokmedia@empas.com

ⓒ 소구장, 2022

값 9,000원

ISBN 979-11-408-0359-0 (1권)
ISBN 979-11-408-0358-3 04810 (세트)

망한 가문의
검술 천재가
되었다

① 소구장 퓨전 판타지 장편소설

COTENTS

Prologue

2위의 삶은 언제나 치열하다.

사람들로부터 칭송을 받기보다는 '1위보다 못하다'라는 평가를 달고 살아야 한다.

앞으로는 1위를 보고 쫓아가야 하는데 좀처럼 그 거리는 좁혀지지 않고, 뒤에서는 다른 추격자들이 바짝 쫓아온다.

그 압박감은 1위를 제칠 때까지 사라지지 않는다.

루크 슈넬덴은 그런 2위 가문인 슈넬덴 가문의 장자로 태어났다.

-무슨 수를 써서든 코넬리오 놈들보다 더 많은 마나를 쌓아야 해.

-그렇게 해선 코넬리오가를 넘을 수 없어.

-더, 더, 더!

그가 태어나서 가장 많이 들은 말이었다.

아버지는…… 아니, 슈넬덴의 조상들은 하나같이 저 말을 입에 달고 살았다고 한다.

다들 2위라는 것에 대한 자격지심이라도 있었는지, 오죽하면 가훈을 '코넬리오를 뛰어넘어라'로 바꿀 뻔하기도 했다.

하지만 루크는 조금 달랐다.

그가 보기에 코넬리오가의 사람들은 멋있었다.

축복받은 신체와 방대한 마나를 바탕으로 나오는 패기 넘치는 검술.

그리고 최강의 가문으로서 가지고 있는 특유의 여유로움.

하나같이 그의 눈에는 멋있어 보였다.

특히 자신과 동세대인 멀빈 코넬리오는 검술이면 검술, 기사도면 기사도, 외모면 외모, 그야말로 모든 게 완벽한 사람이었다.

아버지에게 말하진 않았지만, 루크는 솔직히 멀빈을 동경했다.

아버지와 슈넬덴의 조상들은 코넬리오에게 열등감과 자격지심을 가지고 있었다면, 루크에게 있어 멀빈은 그저 오르고 싶은 산이었다.

그리고 오늘 그는 그 산을 넘었다.

아니, 조만간 그렇게 될 것 같다.

　-모두들 지금껏 코넬리오를 쫓아가는 데 급급했으니까 넘지 못했던 거야.

말은 그렇게 했지만, 사실은 그도 코넬리오를 쫓기만 했었다.

이제야 발상의 전환을 하게 된 것뿐.

마치 소설 속의 주인공들처럼 머릿속에서 뭔가 번쩍하더니, 지금까지 그와 조상들이 무엇을 잘못하고 있었는지 단번에 깨달았다.

심지어 그것을 고칠 방법까지도.

이제 이 방법을 가문에 전수한다면 수백 년 묵은 조상님들의 염원이 이루어질 수 있을 것이다.

다만 그러기 위해서는 한 가지 큰 문제가 있었다.

일단은 여기서 살아남아야 한다는 것.

콰아아앙!

이어서 고막을 찢어발기는 굉음이 들려왔다.

무엇이든 스치기만 해도 흔적도 없이 녹여 버리는 마룡의 브레스였다.

그 브레스가 코앞까지 닥치는 순간, 누군가 루크의 몸을 휙 낚아챘다.

"방금 건 위험했다."

코넬리오가의 가주, 멀빈 코넬리오가 말했다.

머리에서 흘러내린 피로 얼굴 전체가 붉게 물들었지만, 녀석은 여전히 기품을 잃지 않았다.

"네가 오버만 안 했어도 내가 피했을걸."

루크가 틱틱거리자 멀빈도 옅은 웃음을 보였다.

"거짓말 마라. 뭔가 딴생각이라도 한 거겠지."

"하여간 눈치 빠른 새끼……."

"20년이 넘게 말했는데도 그 저속한 말투는 고칠 생각이 없는 건가?"

"나도 밖에서는 한 품위 해. 그냥 친구 앞에서까지 가식을 보일 순 없잖아."

"알았으니 적에게서 한눈팔지 마라."

멀빈은 루크를 질책하면서도 눈만큼은 마룡에게서 떼지 않았다.

그들이 마룡과 전투를 시작한 지 만으로 3일.

그럼에도 그는 집중력을 잃지 않은 모습이었다.

저러니 대륙제일검이라는 소리를 듣는 거겠지.

"마룡을 쓰러뜨릴 방법을 찾았어."

루크는 씩 웃으며 말을 이었다.

"너를 넘을 방법도 찾았고."

"……."

전투 중엔 옆에서 가족이 죽어도 돌아보지 않을 녀석이 움 찔거렸다.

앞에 한 말 때문일까, 아니면 뒤에 덧붙인 말 때문일까?

루크는 물어볼 수 없었다.

슈와아아악!

마룡의 꼬리가 큰 원을 그리며 날아왔기 때문이었다.

루크는 땅을 뒹굴며 꼬리를 피했고, 멀빈은 검으로 꼬리를 쳐 냈다.

"후우, 그럼 네게 마룡을 이길 방법이 있다는 것인가?"

멀빈은 검으로 몸을 지탱하며 말했다.

지금껏 멀빈과 꽤 많은 전투를 함께 했었지만, 저렇게 지 친 모습은 처음 봤다.

그에게도 마룡 덴 호그는 버거운 상대였던 모양이다.

"확실히 있어. 근데……."

"그런데?"

"시간이 좀 필요해. 아예 뿌리부터 뜯어고치는 것인 데다 가 아직 미완이기도 하거든."

"나보고 시간을 벌어 달라는 건가?"

"부탁할게."

"……."

멀빈은 잠시 말이 없었다.

왠지 눈빛도 흔들리는 것 같았다.

아마 이런 상황이 익숙하지 않았기 때문일 것이다.

그는 항상 마지막에 등장해 일을 해결하는 주인공이었으니까.

하지만 지금은 달랐다.

3일간 이어진 마룡과의 전투를 끝낼 방법을 찾은 건 멀빈이 아니라 루크였다.

그건 멀빈도 알고 있을 것이다.

"알겠다."

결정을 내린 멀빈은 한 발 앞으로 나섰다.

"최대한 빨리 준비를 마쳐 다오."

"물론이지. 나도 네가 나 말고 다른 녀석에게 당하는 모습은 보고 싶지 않아."

멀빈은 그 말에 대답하지 않고 마룡을 향해 쏘아져 나갔다.

과연 그는 어떤 표정을 짓고 있을까?

'그건 나중에 이 전투가 끝나고 한잔하면서 물어봐야지.'

그러기 위해서라도 당장 준비에 들어가야 했다.

아무리 멀빈이라도 마룡을 혼자 상대하는 건 힘겨운 일일 테니까.

루크가 가장 먼저 한 일은.

파캉!

자신의 마나 코어를 흩어 버리는 것이었다.

'아예 처음부터 완전히 다르게 접근한다.'

지옥 같은 전쟁터 속에서 루크는 천천히 눈을 감았다.

완전히 무방비 상태겠지만 괜찮았다.

무려 대륙제일검이자 자신의 친구가 지켜 주고 있었으니까.

루크는 멀빈을 믿고 다음 단계로 진입했다.

🕷

잠시 후.

루크의 눈이 번쩍 떠졌다.

'됐다!'

이론에 불과했고 검증해 볼 시간마저 없었지만, 그럼에도 그는 해냈다.

급조한 탓에 아직은 불안정하긴 해도, 이 정도면 충분히 마룡을 처치할 수 있으리라.

'보고 계십니까, 아버지?'

루크는 그 순간 하늘에 있는 아버지를 떠올렸다.

'바로 지금이 우리 슈넬덴이 코넬리오를 넘는 순간이란 말입니다.'

그는 지체 없이 자신의 검을 뽑아 들었다.

휘우우우우우웅-!

그의 주위로 눈보라가 불기 시작했다.

마룡과 멀빈의 시선이 동시에 루크에게 꽂혔다.

둘 다 달라진 루크의 모습에 당황한 것 같았다.

"후우."

루크가 숨을 몰아 내쉬는 순간.

타앗.

그가 있는 곳에서부터 마룡까지 한 줄기 선이 그어졌다.

그리고 마룡의 가슴팍에선 눈송이가 흐드러지게 피어났다.

슈넬덴 가문의 비전, 설풍검.

그 열두 번째 눈송이를 마침내 루크가 피워 낸 것이다.

'이게 설풍검의 마지막 송이구나.'

그 눈송이를 본 소감?

무척이나 아름다웠다.

슈넬덴의 초대 가주조차 보지 못한 눈송이인데 어떻게 아름답지 않을 수 있겠는가.

하지만 이 눈송이를 감상하고 있을 수만은 없었다.

이걸 깨뜨려야만 마룡의 숨통을 끊어 낼 수 있었기 때문이었다.

루크는 덴 호그의 가슴에 박힌 검을 빙글 돌렸다.

쨍그랑!

녀석의 가슴에 피어올랐던 눈송이가 깨지면서 검은색의 피가 쏟아졌다.

녀석의 번들거리는 검은 눈이 보였다.

믿을 수 없다는 듯이 크게 떠진 녀석의 두 눈.

어지간히도 놀라긴 한 모양이다.

자신이 여기서 죽게 될 거라고는 꿈에도 생각 못 했겠지.

[내게 시간이 조금만 더 있었다면…….]

"이제 그만 닥쳐라."

[인간, 여기서 끝이 아니다. 나 덴 호그가 여기서 끝일 리 없……!]

쿵!

마룡 덴 호그.

마침내 녀석이 쓰러졌다.

3일간 쉼 없이 치른 전투가 끝났고, 테론 대륙은 지켜졌다.

그것도 멀빈이 아니라 바로 자신, 루크 슈넬덴의 검으로써!

그런 기쁨도 잠시.

루크는 바닥에 무릎을 꿇었다.

3일간의 피로와 부상 때문이기도 했지만, 그에 앞서 조금 전 무리하게 힘을 사용한 대가였다.

'이거 리스크가 좀 크네. 가문 사람들에게는 더 안전한 방법을 만들어 줘야겠어.'

루크의 머릿속은 얼른 가문으로 돌아가 이 방법을 전수할 생각밖에 없었다.

슈넬덴의 모두가 이 방법을 사용할 수 있게 된다면, 그때야말로 슈넬덴이 코넬리오를 뛰어넘는 날이 되리라.

'드디어 넘을 수 있겠구나.'

몸은 부서질 듯 아팠지만, 입꼬리는 계속 씰룩거렸다.

평생을 목표로 해 왔던 멀빈을 드디어 뛰어넘을 수 있다고 생각하니 웃음을 참을 수가 없었다.

멀빈이 이쪽으로 다가왔다.

"하나의 코어를 분열시키고 그 코어들을 공명시킨다? 이런 상황에서 그런 무모한 도전을 하다니, 정말이지 너답군."

"'평범해서는 결코 벽을 뛰어넘을 수 없다.' 우리 조상님들이 귀에 딱지가 앉도록 하는 말이었어."

멀빈의 표정이 미묘해졌다.

루크는 그가 지금 무슨 생각을 하고 있는지 알 수 없었다.

"과연 그 방법을 안정적으로 사용할 수만 있다면 나를 뛰어넘을 수 있겠어."

멀빈은 루크의 옆에 주저앉았다.

다른 사람이 본다면 평소의 멀빈과 다를 게 없어 보이겠지만, 루크의 눈에는 그가 어딘지 모르게 달라 보였다.

그것은 그가 멀빈의 20년 지기 친구였기에 알 수 있는 것이었다.

"너……."

"그리고 그 방법을 가문에 전수한다면 슈넬덴이 코넬리오를 넘어서는 것도 시간문제겠지."

멀빈이 루크의 말을 잘랐다.

"조금 전에 네가 친구 앞에선 가식을 내려놓아야 한다고 했나?"

그의 분위기가 점점 심상치 않아졌다.

"그렇다면 나도 내 마음에 솔직해져 볼까."

"너 왜 그래?"

그것은 루크가 알던 친구가 아니었다.

"난 이번 전투로 코어가 붕괴됐다. 돌아간다 해도 그리 오래 살지는 못하겠지."

멀빈의 목소리가 떨렸다.

루크는 뭔가 잘못됐다는 걸 알았지만, 탈진해 버린 몸은 도무지 움직일 생각을 하지 않았다.

"하지만 넌 마룡을 처치한 영웅이 되었으니, 이제 가문으로 돌아가 네 새로운 비전을 전수할 테지?"

그의 입가엔 쓴웃음이 지어졌다.

"루크, 내 벗이여. 세상은 나를 영웅이자 검성이라 칭했다. 나 역시 내가 그런 줄 알았지."

"서……설마?"

"하지만 네 덕분에 알게 됐다. 난 영웅도, 검성도 아니었어."

멀빈은 루크의 손에 쥐어진 검을 뺏어 들었다.

이미 힘이 빠져 버린 루크의 반항은 무의미했다.

"네가 설풍검의 열두 번째 눈송이를 피워 내는 순간, 내가 가장 먼저 느낀 감정이 무엇인 줄 아나?"

검이 점점 다가왔다.

"두려움이었다."

마룡의 심장을 꿰뚫었던 검이 이젠 루크의 심장을 겨누었다.

"루크, 난 두렵다. 너희 가문이 우리 가문을 제치는 게 두려워."

멀빈은 발악하듯 고함을 쳤다.

"내가 뒤처지는 게 두렵단 말이다!"

푸욱-!

그리고 그 검이 루크의 심장을 파고들었다.

"끄아아아악!"

루크의 입에서 비명이 터져 나왔다.

그러나 그 비명을 들어 줄 사람은 없었다.

조금 전까지 자신의 친구라고 생각했던 놈을 제외하고는.

"미안하다, 루크. 정말 미안하다."

멀빈의 눈에선 눈물이 뚝뚝 떨어졌다.

루크의 눈에는 그것이 더 소름 끼쳤다.

"이 빚은 내가 저승에 가서 갚겠다. 그러니 지금은 이대로 그냥 죽어 다오, 나를 위해서."

루크는 저 개소리에 대답할 수가 없었다.

이미 목 끝까지 핏물이 차 버리는 바람에 끄르륵거리는 소리만 낼 뿐이었다.

"개……새……."

루크의 시야가 점점 흐려져 갔다.

대륙제이검이자 마룡을 처치한 영웅.

그런 자의 죽음이라고 하기엔 너무나도 초라해 보였다.

Chapter 1

꿈처럼 몽롱한 시간이 흘러갔다.

1분이 흘렀을까?

아니면 1년?

시간 감각마저 흐려진 탓에 시간을 가늠할 수 없었다.

모든 것이 희미한 이 세상에서 확실한 것은 단 하나.

바로 자신이 죽었다는 것.

억울했다.

오랫동안 막혀 있던 벽을 뛰어넘을 방법을 찾았는데.

이제야 슈넬덴 가문의 염원을 이룰 수 있게 되었는데.

무엇보다 가장 믿었던 친구이자 동경했던 라이벌에게 배신당했다는 것이.

울분을 참을 수가 없었다.

자신이 롤 모델로 삼았던 이가 저런 위선자였을 줄이야.

차라리 마룡에게 당해서 죽은 거라면 이토록 억울하지는 않았으리라.

그 억울함이 극에 달했기 때문일까?

루크의 정신이 점점 또렷해지기 시작했다.

"……님, ……련님!"

청각이 돌아왔다.

누군가의 다급한 목소리였다.

촉각도 느껴졌다.

그 누군가가 자신의 어깨를 두드리고 있었다.

마침내 시각이 돌아왔다.

어떤 남자가 걱정스러운 눈으로 자신을 바라보고 있었다.

"도련님! 지금 여기가 어딘지 알겠습니까?"

지금 저건 자신을 향해 묻고 있는 걸까?

남자의 눈이 정확히 이쪽을 향하고 있는 걸 보니 그런 것 같았다.

'나 살아 있는 건가?'

그건 아닐 것이다.

그는 숨이 끊기는 순간까지도 멀빈을 노려보고 있었다.

그랬기에 죽어 가는 과정이 생생하게 기억났다.

의심의 여지없이 자신은 죽었다.

그렇다면 지금 이곳은 어디고 저자는 누구란 말인가?

"제가 누군지 알아보시겠습니까?"

루크는 아직 이 상황을 이해하지 못했다.

사내의 반응을 보면 자신을 알고 있는 것 같은데, 반대로 자신은 사내를 알지 못했다.

이럴 때는 괜히 입을 열어 의심을 사기보단 침묵을 지키는 쪽이 나았다.

루크가 고개를 젓자 사내는 절망했다.

"저 토르빈이지 않습니까? 도련님의 집사 토르빈, 정말 모르시겠습니까?"

집사 토르빈이라······.

집안에 저런 이름을 가진 집사가 있었던가.

아무리 기억을 뒤져 봐도 처음 듣는 이름이었다.

이 생각이 얼굴에 드러난 것일까.

토르빈이라는 사내는 한숨을 푹 내쉬었다.

"돌아 버리겠네. 그러니까 뭐 한다고 그 높은 곳에 올라가서는······."

보아하니 지금 어디서 떨어진 상황인 것 같은데, 사내의 걱정과 달리 루크의 몸은 멀쩡했다.

떨어진 상처는 고사하고 마룡과의 전투에서 입은 상처도, 멀빈에게 꿰뚫린 심장까지도, 모든 것이 멀쩡했다.

"일단 의원이 오기로 했으니까 조금만 기다리세요."

그 말이 끝나기 무섭게 뒤에서 의원이 달려왔다.

"두부외상이라고 했나? 증상은 어떻지? 환자의 의식은 있나?"

"좀 심각합니다. 깨어나긴 했는데 아무것도 기억을 못 해요."

"일단 응급처치부터 하고 환자를 치료실로 옮겨야겠네."

그때부턴 정신없는 시간이 흘러갔다.

의원이 연신 기억을 물어 대며 약초를 발라 댔다.

그러나 루크는 둘 다 소용없는 짓이라고 말하고 싶었다.

그에겐 돌아올 기억도, 부상당한 상처도 없었으니까.

그는 그냥 의원을 무시하고 현재 상황부터 파악하기로 했다.

'그러니까 지금 이게……'

루크는 치료실에 있는 거울 쪽으로 시선을 돌렸다.

검은색 머리에 사나워 보이는 눈매, 불만 가득한 입꼬리 때문에 느껴지는 분위기는 비슷했지만, 이 남성은 분명 자신이 생전 처음 보는 자였다.

'기억은 멀쩡한데.'

자신은 슈넬덴가의 가주 루크 슈넬덴이며, 테론 대륙의 운명을 걸고 마룡과 겨뤄 이겨 냈다는 사실까지 명확히 기억이 났다.

빠득!

그 이후에 멀빈에게 당한 일까지 생각나자 저도 모르게 이가 갈리는 걸 보더라도, 이 기억은 자신의 것이 맞았다.

문제는 이 낯선 얼굴하며, 약해빠진 몸이었다.

'내가 환생이나 빙의 같은 걸 한 건가?'

아무래도 그렇다고밖에 볼 수 없을 것 같았다.

아주 잠깐은 멀빈의 수작인가 하는 생각도 들었지만, 애당초 패검술을 추구하는 기사였던 멀빈은 환술 같은 것은 거들 떠보지도 않았다.

불가능을 제외하고 남은 것은 아무리 믿을 수 없어도 진실이라 했던가.

아마도 지금이 그 말이 가장 잘 들어맞는 순간인 것 같았다.

"신관의 축복이라도 있으면 모를까, 현재로써는 기억을 되돌릴 방법이 없습니다."

아마 신관의 축복이 있더라도 기억이 돌아오진 않을 것이다.

하지만 지금까지 고생한 의원의 노력을 생각해서라도 고개를 끄덕여 주었다.

"혹시나 일시적인 충격 때문일 수도 있으니, 너무 불안해하지 말고 기다려 보시지요."

의원이 나가고 나서 머지않아 토르빈이라는 집사가 들어왔다.

"몸은 좀 어떠십니까? 기억은 돌아오셨습니까?"

이곳까지 옮겨지며 그가 의원과 대화하는 걸 들었다.

토르빈은 슈넬덴가의 집사이자 자신을 수행하는 이라고 했다.

'그럼 내가 슈넬덴의 피가 흐르는 아이에게 빙의했다는 건가?'

기묘한 일이 아닐 수 없었다.

새로운 삶을 얻었는데, 또 다시 슈넬덴으로 돌아왔다니.

'애먼 곳에서 다시 태어나지 않았으니까 차라리 다행이지.'

"도련님?"

너무 다른 생각을 오래한 모양이었다.

토르빈의 얼굴빛이 어두워졌다.

"의원 말로는 몸에 이상은 없다는데, 기억이 뒤죽박죽이야."

일단은 기억상실증 콘셉트를 유지하기로 했다.

그편이 의심을 사지 않고 더 쉽게 정보를 얻을 수 있을 테니까.

"어디까지 기억나는데요?"

"몰라. 이야기를 듣다 보면 기억이 돌아올 것도 같고……."

"의원 말로는 갑작스러운 충격으로 그럴 수 있다니까 너무 불안해하지 마세요."

이런 상황에서 자신부터 걱정해 주는 걸 보니 꽤 괜찮은 사람인 것 같았다.

"기억을 하나하나 더듬어 보면 더 좋다니까 해 보시죠. 일단은 이름부터."

"루크 슈넬덴."

"오? 좀 전에는 이름도 모르더니, 확실히 기억이 조금 돌아오셨나 봅니다."

"일단은 그런 것 같네."

거짓말이었다.

공교롭게도 자신이 전생과 같은 이름이라는 것도 의원과 토르빈의 대화에서 주워 들은 것일 뿐.

이 대륙에서 루크라는 이름이 워낙 흔하다 보니 그리 놀라운 것도 없었다.

"그럼 다음, 올해가 몇 년도인지는 아시겠습니까?"

루크는 고개를 저었다.

"204년이잖아요. 204년 3월 5일. 뭐 떠오르는 거 없습니까?"

"잠깐만."

"뭔가 떠올랐군요?"

"아니, 그게 아니라 지금이 204년이라고?"

"네."

"지금이 무슨 력을 사용하지? 204년이라면……."

"토마(討魔) 204년이죠."

"뭔 마? 토마?"

"대영웅 멀빈이 마룡을 처치한 후로 204년이 지난 거죠."

토르빈은 이런 것마저도 기억이 나지 않느냐는 듯 쳐다보았다.

그러나 지금 루크의 눈에는 그런 것 따위는 들어오지도 않았다.

마룡이라면 그 덴 호그를 뜻하는 것일 터.

루크가 죽은 것이 덴 호그가 죽은 직후인데, 지금이 토마 204년이라니.

다시 말해 지금이 루크 슈넬덴의 몸으로 죽은 지 200년이 흐른 시점이라는 의미였다.

'20년도 아니고 200년이라니, 너무 아득하니까 현실감각도 없어지네.'

루크는 허탈감에 한숨을 푹 내쉬었다.

사실 자신이 환생했다는 것을 짐작했을 때, 이게 하늘이 내린 기회라 생각했다.

뒤통수를 때린 멀빈에게 복수를 해 줄 수도 있었고, 자신의 새로운 비전을 가문에 전수할 수도 있을 테니까.

하지만 그 기대는 와장창 무너지고 말았다.

복수의 대상인 멀빈도, 자신이 알고 있던 식솔도 이제는 모두 저승에 가 있을 것이다.

'이런 세상에서 내가 뭘 해야 하지?'

허탈감이 극에 달할 즈음, 루크의 머릿속엔 문득 한 가지 궁금증이 떠올랐다.

"슈넬덴."

"네?"

"마룡을 처치한 후로 우리 가문은 어떻게 됐지?"

멀빈은 마룡을 처치한 공을 독차지했고, 심지어 역법까지 바꿀 정도로 영향력을 행사했다.

이 정도까지는 예상했던 바였다.

그놈이 얼마나 옹졸한 위선자인지는 마지막 순간에 똑똑히 목격했으니까.

궁금한 건 그다음 슈넬덴은 어떻게 되었냐는 것.

멀빈은 마지막 순간에 슈넬덴이 코넬리오를 넘는 게 두렵다고 했었다.

그런 녀석이 가주가 없어져 버린 슈넬덴을 가만뒀을 리가 없다.

"그건……."

지금껏 묻는 말에 척척 대답하던 토르빈이 처음으로 얼버무렸다.

그럴수록 루크는 두려워졌다.

"우리 가문은 마룡의 협곡을 돌파하던 중에 당대 가주님을 포함해 모든 기사를 잃었잖습니까. 그러고는……."

"그러고는?"

"지금은 그리 좋지 않죠."

"안 좋다니, 얼마나?"

"조금요."

"조금?"

"좀 많이……."

차라리 토르빈이 거짓말을 한 거라고 말해 주길 바랐다.

그러나 지금 그는 행여나 누가 들을까 봐 주위를 두리번거리고 있었다.

그 모습은 도저히 거짓말을 하고 있는 사람처럼 보이지 않았다.

"어쩌다가 그렇게 됐지?"

아무리 갑작스레 가주를 잃었다고 해도.

멀빈의 수작이 있었다고 해도.

대륙에서 두 손가락 안에 꼽히던 명문가가 겨우 200년 만에 쉽게 망할 리가 없었다.

"정말 이런 게 도련님의 기억을 찾는 데 도움이 됩니까?"

"도움 되니까 얼른 말해."

머리를 다친 도련님이 깨어나서는 갑자기 이상한 질문을 퍼부으니, 토르빈은 당황스러웠다.

그러나 일단은 도련님을 진정시키는 게 우선이었다.

지금 저 날 선 눈빛을 보라.

여기서 저 질문에 대답하지 않으면 당장이라도 폭주할 것 같았다.

일단 도련님이 진정되고 나면 그다음에 상황을 파악할 수 있으리라.

그렇게 판단한 토르빈은 말을 이었다.

"당대 가주님을 잃고 난 후에 후계자들끼리 차기 가주 자리를 두고 다툼을 벌였어요. 그때부터 가세가 급격히 기울기 시작했고……."

루크는 토르빈이 하는 말을 하나도 믿을 수가 없었다.

과거 그에겐 여섯 명의 자녀가 있었다.

그들은 당연히 차기 가주 자리를 놓고 경쟁했지만, 가세가 기울 정도로 다툼을 벌일 바보들은 아니었다.

애당초 토벌대를 이끌고 출정하기 전에 소가주 자리도 정해 놓지 않았던가.

이것만으로도 이미 충격적인데, 토르빈은 더 큰 폭탄을 던졌다.

"지금은 코넬리오를 포함해 여러 가문의 도움을 받으며 명맥을 유지하는 중이에요."

"슈넬덴이 코넬리오의 지원을 받아?"

"대영웅이 슈넬덴 내전을 중재하기도 했고, 옛 친우에 대한 보답이라며 가문을 돕기 시작했죠."

"허허, 허허허허……."

이젠 그만 듣고 싶었다.

더 듣고 있다가는 당장이라도 멀빈의 무덤을 파헤치러 갈 것 같았기 때문이다.

"후우……."

루크는 크게 심호흡을 하며 마음을 진정시키려 했다.

자신이 생각해도 너무 흥분했던 것 같다.

이 이상으로 반응을 보였다간 자칫 의심을 살 수도 있을 터.

그러나 이 화는 도무지 사그라들지 않았다.

기껏 키워 놓은 가문이 망했다는데 어느 누가 쉽게 진정할 수 있겠는가.

어디 변방의 그저 그런 가문도 아니고, 수백 년 동안 대륙의 대표 명문가로 군림한 슈넬덴이 망했다는 걸 믿을 수가 없었다.

'이럴 게 아니라 내가 직접 확인해 봐야겠어.'

토르빈이 거짓말을 하는 것 같진 않았지만, 직접 눈으로 확인해야만 했다.

그래야만 앞으로의 행동을 정할 수 있을 것 같았으니까.

"잠깐 나갔다 올게."

"어딜요? 의원이 절대 안정을 취해야 한다고 했습니다."

"여기 누워 있으려니까 몸이 쑤셔서 그래."

루크는 대답을 듣지도 않고 문을 열었다.

토르빈은 그런 그의 뒷모습을 멍하니 보고 있었다.

"갑자기 사람이 저렇게 달라져 버렸네."

저 사나운 말투하며 행동.

자신이 평소에 모시던 도련님의 모습과는 완전히 반대였다.

아마 저것도 높은 곳에서 떨어지며 머리를 다친 탓이리라.

'이거 진짜 큰일 났네. 그런데 도련님은 기억도 잃었으면서 여기가 어딘지 알고 나간 거야?'

그런 걱정이 들 무렵이었다.

드르륵.

방문이 열렸다.

"여긴 어디야? 밖은 웬 골목길이던데."

"도련님께서 바람 쐬고 싶다고 나온 거였잖아요."

"그래? 그럼 가자."

"어딜요?"

"본가로 가야지. 난 환자니까 네가 안내해."

루크는 다시 휙 돌아서 나가 버렸다.

방을 나서는 그의 눈에는 더 이상 허무함 따위는 비치지 않았다.

그 속에 비친 것은 슈넬덴에 대한 걱정과 멀빈에 대한 증오뿐이었다.

過거 대륙을 통일했던 대제국이 멸망한 이후, 국가의 의미는 이제 많이 퇴색되었다.

브리든 제국과 그 제후국들의 영토를 제외한 대부분 지역은 가문에 의해 지배되었다.

그러니까 가문이 하나의 작은 국가이고, 가주가 그곳의 왕인 셈이었다.

　이처럼 한 지역에도 수십 개의 국가가 존재한 셈이니, 그 지역에서 분쟁이 생기는 것은 당연한 수순일 터.

　곧 대륙 곳곳에서 가문 간의 전쟁이 일어났고, 몇몇 가문은 전쟁에서의 승리를 기반으로 세력을 키우더니 곧 다른 지역의 가문들을 노리기 시작했다.

　이에 약소 가문들은 자신들의 존속을 위해 대형 가문에 붙는 길을 택했다.

　대형 가문은 그들로부터 일정량의 돈과 충성을 받는 대신, 그들의 지위를 보장하고 안위를 지켜 주기로 했다.

　그러면서 휘하에 수많은 봉신 가문을 둔 맹주 가문, 소위 명문가들이 나타난 것이다.

　슈넬덴가 역시 그런 명문가였다.

　그것도 코넬리오에 이어 대륙에서 두 번째로 꼽히는 가문.

　많은 사람들이 슈넬덴의 위엄을 보기 위해, 또 슈넬덴의 가신 기사가 되기 위해 슈넬덴을 찾아왔다.

　덕분에 슈넬덴이 관리하는 도시들은 북부의 척박한 환경에도 불구하고 매우 번성했었다.

　그중에서도 슈넬덴 본가와 가장 가까운 도시였던 노던은 아예 북부를 대표하는 도시로까지 성장했었다.

　"아아……."

그리고 200년 후의 노던을 찾은 루크의 입에선 탄성이 터져 나왔다.

'그럼 그렇지.'

그는 감격에 젖은 눈으로 노던의 모습을 바라보았다.

'그대로잖아?'

여전히 노던의 거리엔 많은 사람들이 오갔고, 마차들이 흙먼지를 풀풀 날려 대고 있었다.

모두 그가 기억하던 그대로였다.

노던은 200년 전과 달라지지 않았다.

토르빈의 말대로 슈넬덴이 망했다면 이 척박한 땅에 이렇게 큰 도시가 유지되고 있을 리가 없었다.

전보다 못할 수는 있어도 망한 정도는 아닐 것이다.

'역시 직접 확인해 보길 잘했어.'

좀 더 안심하고 본가를 찾아갈 수 있을 것 같았다.

그런데 거리를 거닐면 거닐수록 뭔가 이질감이 느껴졌다.

분명 모든 게 그대로인데, 어째서 이런 기분이 드는 것일까.

'기후가 바뀌었나?'

그건 아니었다.

저 북쪽에서부터 불어오는 설풍은 여전히 옷깃을 여미게 만드는 추위였다.

'아니면 건물들이 바뀐 건가?'

그러고 보니 제분소나 신전, 대장간 등이 그의 기억과는 달랐다.

뭐 200년이라는 시간이 흘렀으니 이상할 것도 아니었다.

워낙 오랜 시간이니 그동안 보수나 신축 공사를 했을 테니까.

그러나 이 정도로는 그 이질감을 설명할 수 없었다.

'이런 것보다 좀 더 기분 나쁜 이질감인데…….'

그러다 도시를 관리하는 행정관이 있는 관청을 지날 때쯤, 루크는 그 이질감의 정체를 알았다.

"나 뭐 좀 물어봐도 되냐?"

루크는 옆에 있던 토르빈에게 말했다.

"말씀하십시오."

"여기가 노던 맞지?"

"그렇죠."

"어느 가문에서 관리했더라?"

물어볼 것도 없었다.

노던은 슈넬덴의 대표 도시였으니까.

슈넬덴이 관리하는 만큼, 당연히 노던의 관청엔 슈넬덴의 깃발이 걸려 있어야 했다.

그런데 여기에 왜 다른 가문의 깃발이 버젓이 꽂혀 있단 말인가.

"십몇 년 전부터 샤룬 가문에서 맡았죠."

뿌득.

하마터면 욕설이 튀어나올 뻔했다.

샤룬 가문이라면 과거 슈넬덴의 휘하에 있던 봉신 가문 중 하나였다.

꽤 초창기부터 봉신 가문이었으니, 봉신 가문들 사이에서는 콧방귀 좀 뀌는 녀석들이긴 했다.

하지만 그래 봐야 봉신 가문일 뿐.

그런데 이제는 그런 샤룬이 노던을 관리한다니.

그 말은 즉 슈넬덴이 노던을 관리할 힘이 없단 의미였다.

노던의 여전한 모습을 보고 샘솟았던 한 줄기 희망.

그것이 단번에 부서져 버렸다.

'이게 내가 목숨 바쳐 지켜 낸 세상의 미래라니.'

피눈물이 흐른다는 게 이런 기분일까.

루크의 눈에서는 끝을 알 수 없을 정도로 깊은 슬픔이 보였다.

마치 제 자식을 잃은 부모의 그것 같은 눈빛.

토르빈은 걱정스러운 얼굴로 루크를 보았다.

"그런데 도련님은 정말로 괜찮으십니까?"

"아, 어."

루크는 퍼뜩 정신을 차렸다.

지금 자신의 상황을 생각해 본다면 여기서 이런 반응을 보이는 건 매우 이상한 일이었다.

지금 자신은 200년 전의 루크 슈넬덴이 아니었다.

그 사실을 잊지 말아야 했다.

'후일을 도모하기 위해서는 지금은 어떠한 의심도 사선 안 돼.'

그렇게 생각하니 들끓던 분노도 한층 가라앉는 것 같았다.

"얼른 본가로 가자."

루크는 샤룬 가문의 깃발이 걸린 관청을 뒤로하고 본가로 향했다.

슈넬덴 본가는 노던에서도 더 북쪽으로 가면 있는 슈넬덴 산에 자리 잡고 있었다.

슈넬덴 산은 인간의 발길이 닿는 곳 중 가장 북쪽에 있는 산.

다른 명문가들과는 달리 슈넬덴은 대륙에서도 가장 춥고 척박한 곳에 있는 것이다.

─어째서 우리 선조들은 밀도 감자도 잘 자라지 않는 이런 곳에다 가문을 세운 겁니까?

어린 시절 아버지께 그렇게 물어봤던 적이 있었다.

당시 아버지가 해 준 말은 꽤 인상적이었다.

사람들을 보호하는 것이 우리 같이 힘을 가진 자의 책임이라 생각하셨기 때문이다.

슈넬덴 산 뒤쪽으로 펼쳐진 거대한 그레이턴 산맥, 일명

설산.

그곳은 워낙 지형이 험하고 몬스터가 득실거리다 보니 마계라고까지 불리는 곳이었다.

그리고 슈넬덴 산은 설산으로 가는 유일한 길목.

다시 말해 우리 선조들은 마물들로부터 대륙을 지키기 위해 자진해서 이 지옥의 아가리에 자리를 잡은 것이다.

어린 시절 루크는 그 사실이 마음에 들지 않았다.

이곳은 농사를 짓기도, 훈련을 하기도 전혀 적합하지 않았으니까.

무엇 때문에 인류를 위해 그렇게까지 사서 고생한단 말인가.

-조금만 더 남쪽에 자리 잡았으면 100년도 더 전에 코넬리오를 뛰어넘었을걸요.

-입 놀리는 걸 보니 아직 말할 힘이 남았나 보구나. 내려치기 1천 회 추가다.

-대륙의 방패라니, 그래도 멋있긴 하네요.

-그렇지? 뿡이 차오르지 않냐?

-그런 나쁜 말은 어디서 배웠습니까? 또 막내 녀석한테 배웠죠?

-크흠! 사선 베기 1천 회 더 추가다.

슈넬덴 산에 자리 잡은 본가가 보이니, 자연스럽게 옛날 생각이 났다.

대륙의 방패라 불리던 본가의 웅장한 모습도 생생하게 그려졌다.

그러나 그건 모두 과거의 영광일 뿐이었다.

"하아……."

지금 눈앞에 있는 것은 이가 빠지고 녹이 슨 창살이었으니까.

철컹.

끼이이익.

철문이 기분 나쁜 소리를 내며 열렸다.

'뭘 보든 놀라지 말자.'

루크는 입술을 꽉 깨물었다.

이곳까지 오면서 이미 충격을 너무 많이 받았다.

당연히 저 문 너머의 상황도 그리 좋지 않으리라.

그리고 슈넬덴이 이 지경이 된 데에는 자신의 잘못도 있었다.

그날 마룡 토벌 때 모든 것을 걸어 버린 자신의 잘못.

"후우."

심호흡을 하며 마음을 가다듬은 루크는 토르빈의 뒤를 따랐다.

정문을 지나친 루크는 걸어가는 내내 눈을 감고 싶었다.

본가의 모습은 차마 눈을 뜨고 볼 수 없을 정도로 처참했기 때문이었다.

그가 기억하는 본가의 모습은 화려하진 않더라도 위엄과 기품이 묻어나는 곳이었다.

그런데 지금 이곳의 모습은 어떤가.

건물이 관리가 안 되고 그런 차원의 문제가 아니었다.

아예 건물 자체가 보이지 않았다.

그 많던 건물들이 다 어디로 갔단 말인가.

당장이라도 토르빈에게 여기 있던 건물들이 어떻게 됐는지 묻고 싶었으나 그럴 순 없었다.

'더 물어봤다가는 정말 이상하게 생각할지도 모르지.'

지금까지야 머리를 다쳐 정신이 오락가락해서 그렇다고 넘어가더라도, 계속 과거 이야기를 묻는다면 의심을 할 수도 있었다.

그리고 굳이 묻지 않더라도 건물이 어디 갔는지 알 것 같았다.

아마도 어디론가 팔려 나갔을 테지.

'진짜구나.'

그토록 부정하고 싶은 사실이었건만, 이렇게 직접 눈으로 보니 이제는 인정해야 할 것 같았다.

슈넬덴가는 망했다.

토르빈이 한 말은 모두 사실이었다.

털썩.

루크는 다리가 풀려 버렸다.

"도련님, 왜 그러십니까? 어지러우세요?"

토르빈이 놀라서 물었다.

어지럽냐고?

그래, 어지러웠다.

복수할 상대는 이미 제 할 걸 다 하고 저세상으로 가 버렸고, 200년 만에 돌아온 가문은 쫄딱 망해 버렸다.

진심으로 누구에게 물어보고 싶었다.

이제 자신은 어떻게 해야 하냐고.

자신이 이걸 되돌릴 수 있는 거냐고.

이 가문에 미래가 있긴 한 거냐고.

'이런 꼴을 보자고 거기서 목숨을 걸었던 게 아닌데.'

갑자기 코끝이 아파지고 시야가 흐려졌다.

한줄기 뜨거운 감각이 뺨을 타고 지나갔다.

그건 꽤 오랜만에 흘려 보는 눈물이었다.

한줄기 눈물과 함께 울분을 토해 낸 덕분일까.

이제는 좀 진정이 되는 것 같았다.

걸어가는 동안 아무 말도 걸어 주지 않은 토르빈에게도 고마웠다.

덕분에 앞으로의 일에 대해 생각해 볼 수 있었다.

'늦었지만 지금이라도 되돌려 놔야 한다.'

이 지경인 가문을 보고 차라리 죽어 버릴까 싶기도 했지만, 그랬다간 저승에서 전우들을 볼 면목이 없었다.

누구보다 가문을 사랑하던 아버지는 마신이 되어서라도 자신을 쫓아올 테지.

'이제라도 찾아온 이 기회를 살려야 해.'

빼앗긴 걸 되찾고, 잘못된 걸 바로잡고, 왜곡된 것을 밝혀내는 것.

그것이 환생한 루크가 할 일이었다.

차라리 자신이 환생한 것이 다행이라는 생각도 들었다.

이런 스케일의 일은 자신이 아니라면 그 누구도 해내지 못했을 테니까.

루크가 그런 생각을 하는 사이, 그는 본가의 의무실에 도착했다.

"여긴 왜?"

"원래 절대 안정을 취해야 하는데 무리해서 본가까지 왔지 않습니까."

"괜찮다니까."

"그래도 절대 안 됩니다. 도련님의 기억에 영원히 문제라도 생기면 저도 큰일이란 말입니다."

하긴 그의 말이 맞았다.

제 주인이 높은 곳에서 떨어져 머리를 다쳤다면, 집사 역시 그 책임에서 자유롭긴 힘들 터.

"신관의 축복이라도 받을 수 있다면 좋을 텐데."

신관의 축복은 그 효과만큼이나 큰 비용이 들었다.

옛날처럼 잘나갈 때면 모를까, 지금 이런 집안 꼴로는 신관을 초청할 여력은 없을 것이다.

뭐 신관이 온다고 해도 돌아올 기억은 없을 테지만.

'그래도 쉬고 있다 보면 이 몸이 가진 기억을 떠올릴지도 모르지.'

일단 기억이 돌아온다면 굳이 의심을 사 가며 가문의 역사를 물을 필요는 없을 것이다.

"알겠어. 네 말대로 여기서 며칠 쉬고 있을게."

"정말입니까?"

토르빈은 놀란 눈으로 루크를 보았다.

이렇게 한 번에 말을 받아들일 줄은 몰랐던 모양이다.

"그럼 방에서 쉬고 계십시오. 저는 이 문제에 대해 보고할 게 많아서요."

"그래, 다녀와."

"이번엔 혼자 어디 나가시면 안 돼요."

"속고만 살았나."

"도련님께서 워낙 자주 사라지시니까 그러죠."

도대체 이 몸은 평소 행실이 어땠기에 집사가 저런 걱정스러운 눈으로 쳐다본단 말인가.

아무래도 몸의 기억을 빨리 찾긴 해야 할 것 같았다.

물론 그 전에 할 일이 있었지만.

"어디 안 가니까 걱정하지 마. 준비할 게 많거든."

"무슨 준비요?"

"기억을 되찾을 준비."

루크는 어깨를 으쓱하고는 병실로 들어갔다.

'그리고 모든 걸 되돌릴 준비.'

속으로는 그 질문에 대한 진짜 답변을 되뇌었다.

쾅.

철컥.

루크는 토르빈이 나가자마자 병실의 문을 잠갔다.

이제부터 할 일은 그 누구의 방해를 받아서도 안 되는 일이었기 때문.

'뭐가 됐든 내 힘부터 되찾아야 해.'

멀빈과 코넬리오가에 복수하고 모든 걸 되돌리기 위해서는 그만한 힘이 있어야 했다.

그러니 가장 먼저 해야 할 준비는 힘을 키우는 것이었다.

적어도 과거 자신의 힘 정도는 갖춰야 할 터.

'근데 애, 몸 상태가 왜 이따위야?'

루크는 자신의 몸을 내려다보았다.

비쩍 마른 몸이 눈에 들어왔다.

아무리 몰락했다고는 해도, 슈넬덴은 엄연한 무가였다.

그런 무가의 혈족이라고 하기에 이 몸은 너무나도 형편없었다.

그러나 진짜 문제는 겉으로 보이는 이 몸의 상태만이 아니었다.

'나이가 몇인데 마나가 한 방울도 없는 거냐고.'

루크의 나이는 열다섯이었다.

다른 가문 자제들은 마나를 받아들이는 건 당연하고, 더 나아가 가문의 비전을 배우고 있을 시기.

좀 더 빠른 아이들은 이미 본격적인 후계자 과정을 밟기도 할 것이다.

그런데 이 몸에선 마나가 조금도 느껴지지 않았다.

'검을 아예 안 배운 건 아닌데.'

찬찬히 살펴보니, 검을 배우다가 도중에 그만둔 것 같았다.

아직 기억이 돌아오지 않은 탓에 그 이유까지는 알 수 없었다.

'뭐, 됐어. 예전 실력까지 가는 데는 오래 걸리지 않겠지.'

허풍이 아니었다.

지식을 가진 채로 다시 시작한다는 건 그만큼이나 엄청난 일이었으니까.

루크는 마지막 전투 때 자신과 아버지, 그리고 조상들이 여태껏 얼마나 비효율적인 방법으로 수련했는지 깨달았다.

그보다 몇 배는 빠르고 좋은 방법을 깨달았을 때는 그간의 고생이 어찌나 허망하던지…….

그러나 지금은 다르다.

'난 다시 산을 오르기 직전이니까.'

이번엔 처음부터 가장 빠르고 효율적인 길을 선택할 수 있었다.

이 길을 따라간다면 금세 자신이 도달했던 곳까지는 올라갈 수 있으리라.

'어쩌면 그보다 더 강해질 수도 있고.'

당시에는 상황도 급박했고, 이미 잘못된 길에 들어 버린 마나 코어를 되돌리느라 조심스러울 수밖에 없었다.

그러나 지금은?

이 몸은 마나를 한 번도 받아들이지 않은 깨끗한 몸이었다.

게다가 루크에겐 과거의 기억도 있으니, 완전 기초부터 새로운 방법을 따라가면 그 효율은 배가 될 것이다.

두근두근.

생각만 해도 가슴이 뛰는 것 같았다.

'진정하자.'

루크는 끓어오르는 기대감을 애써 눌렀다.

그러고는 곧장 가부좌를 틀고 앉았다.

"흐읍, 후."

눈을 감고 심호흡을 몇 번 하자, 지금껏 느껴지지 않던 것들이 느껴졌다.

살갗을 스치는 바람과도 비슷한 감각.

바로 마나였다.

누군가 이 장면을 봤다면, 세기의 천재가 나타났다고 호들갑을 떨었을지도 몰랐다.

아무리 조기 교육이 잘된 명문가의 자제라고 하더라도, 마나를 느끼는 데는 최소 며칠은 걸리기 마련이니까.

루크는 여기서 멈추지 않았다.

"흡!"

루크는 공기 중의 마나를 자신의 몸으로 받아들였다.

혈관을 타고 몸을 한 바퀴 돈 마나는 오른쪽 가슴에 자리를 잡았다.

무인에게는 또 다른 심장이라 불리는 기관, 바로 마나 코어를 만드는 작업이었다.

'어?'

막 코어 형성을 시작한 그는 고개를 갸웃거렸다.

작업이 잘못되었기 때문이 아니었다.

오히려 매우 순조롭게 진행되고 있었다.

'이거, 내 몸이랑 거의 비슷하잖아?'

그가 놀란 이유는 이 몸이 과거 자신의 몸과 너무나도 흡사했기 때문이다.

마나 회로의 크기며 탄력, 그리고 위치까지도 모든 것이 익숙했다.

'나도 나름 1천 년에 한 번 나올 몸이라고 했었는데.'

그런데 고작 200년밖에 안 된 후손에게서 자신의 똑같은 몸이 나타나다니.

어째서 이 몸이 자신과 같은 이름과 마나 회로를 가졌는지는 알 수 없었다.

그러나 어쨌든 이건 루크에겐 좋은 일이었다.

앞으로 이 몸으로 마나를 다루는 데 있어 보다 쉽게 적응할 수 있을 테니까.

찌릿.

코어 형성 중에 딴생각을 너무 많이 했던 모양이다.

코어를 형성하던 마나가 통제를 잃고 날뛰기 시작했다.

자칫 위험할 수도 있는 상황.

'일단은 코어를 만드는 데 집중하자.'

루크는 자세를 고쳐 앉고선 잡생각들을 훌훌 털어냈다.

뚝, 뚝, 뚝.

이윽고 온몸에서 비 오듯 땀이 흐르기 시작했지만, 그는 미동조차 하지 않았다.

시간이 얼마나 지났을까.

루크의 입가엔 만족스러운 미소가 걸렸다.

'일단 마나 코어는 만들었고.'

마나를 느끼는 데 며칠이 걸린다면, 코어를 만드는 데는 몇 달은 족히 걸리는 일이었다.

그런 일을 루크는 고작 몇 시간 만에 해낸 것이다.

그러나 그는 아직 가부좌를 풀지 않았다.

'이제부터가 진짜지.'

루크를 비롯해 과거 슈넬덴은 그저 마나 코어의 크기를 키우는 데에만 온 신경을 썼다.

방대한 마나를 가지고 있다면 보다 강한 기술들을 자주 쓸 수 있으니 어찌 보면 당연한 생각이었다.

그러나 그건 여러 성질의 마나를 활용하는 슈넬덴에게는 어울리지 않았다.

'하나의 코어를 키울 게 아니라 여러 개의 코어를 공명시켰어야 해.'

그것이 루크가 마지막 순간에 깨달은 것이었다.

여태껏 그가 배워 왔던 것과는 완전히 다른 시각의 접근법.

그러나 루크는 설풍검의 열두 번째 눈송이를 피워 내며 자기 생각이 맞았음을 증명했다.

만약 자신이 처음부터 코어를 분열시켰더라면, 덴 호그를 잡고서 몸 하나 꿈쩍 못하는 상태가 되지 않았을 것이다.

그럼 멀빈에게 허망하게 당하는 일도 없었을 테고.

'이제 와서 후회해서 뭐 하냐.'

루크는 잡생각을 떨쳐 냈다.

어쩌면 지금은 이번 생에서 가장 중요한 첫걸음이 될 수도 있는 순간.

고도의 집중력이 필요할 때였다.

그렇게 또 인고의 시간이 흘러갔다.

처음 방에 들어왔을 때만 하더라도 해가 떠 있었는데, 지금은 사람 한 명 다니지 않는 야심한 밤이 되었다.

번쩍.

그제야 루크의 눈꺼풀이 떠졌다.

"후우우……."

루크는 가쁜 숨을 몰아쉬었다.

코어를 만들 때와는 비교도 할 수 없을 정도로 많은 땀을 흘렸다.

그만큼 그가 코어 분열 작업에 집중했다는 의미이리라.

'완성됐구나.'

루크는 만족스러운 눈으로 자신의 오른쪽 가슴을 내려다보았다.

거기엔 막 만들어진 미약한 마나 코어 두 개가 자리하고 있었다.

아직은 미약하기 그지없는 두 개의 마나 코어.

그러나 루크는 이 코어가 훗날 잘못된 것들을 모두 되돌려 놓을 거라고 확신했다.

멀빈의 거짓말도, 자신의 목표도, 그리고 슈넬덴의 명예도.

우웅—!

마나 코어도 그렇게 생각한 것일까?

녀석들도 기분 좋은 고동으로 대답해 주었다.

흔히 가문의 직계 혈족이라고 하면, 일국의 왕자라고 불려도 좋을 만큼 호사를 누리고 살았다.

테론 대륙에서 가문이 차지하는 지위는 곧 국가를 대체할 만큼 컸으니까.

그러나 그것도 돈이 많은 명문가일 때나 그렇다는 것이다.

돈이 없다면 아무리 직계 혈족이라고 해도 원하는 책 한 권 제대로 보지 못하는 게 당연했다.

'그 가난한 집안이 바로 우리 집안이라는 거고.'

루크는 속으로 투덜거렸다.

그는 토르빈에게 책 몇 권을 찾아 달라고 했다.

쉬는 동안 그간의 역사를 조사하기 위해서였다.

그러나 지금 루크 앞에 놓여 있는 책은 고작 두 권뿐.

이마저도 토르빈이 겨우 구한 것이라고 했다.

과거엔 굳이 본가 중앙 도서관을 가지 않더라도 각 건물의 서재에 책이 한가득 있었다.

본가의 면적이 어느 중소 가문의 영지만큼 크다 보니, 아예 같은 책을 몇 권씩이나 구해 건물 여기저기 보관한 것이다.

'그것도 다 과거의 영광이지.'

루크는 천지개벽 수준으로 바뀌어 버린 집안 사정에 쉽게 적응할 수 없었다.

마음 같아서는 자신이 200년 전의 루크 슈넬덴임을 밝히고, 왜곡된 진실을 폭로할까 싶기도 했다.

그러나 당장은 그럴 수 없었다.

'그럼 코넬리오 쪽에서 가만히 있을 리가 없잖아.'

녀석들은 슈넬덴을 무너뜨린 장본인이었다.

다른 사람들이 슈넬덴이 내전으로 무너졌고 멀빈이 그걸 수습했다고 알고 있었지만, 그게 말이나 되는가?

모르긴 몰라도 분명 멀빈의 수작이 있었을 것이다.

그리고 그 철저하고도 치졸한 놈이 슈넬덴을 견제하지 않았을 리도 없다.

분명 끝까지 슈넬덴을 감시하라고 했겠지.

지금 녀석들이 하고 있는 물자 지원이라는 것도 그 감시의 일환일 것이고.

이런 상황인데 갑자기 자신이 200년 전 루크 슈넬덴이며 모든 진실이 왜곡되었다고 말한다면?

애초에 미친놈 취급이나 안 하면 다행일 것이다.

'어쩌면 암살자를 보낼지도 모르고.'

멀빈의 자손들이면 충분히 그럴 수 있었다.

그러니 지금부터 모든 계획은 물밑에서 이루어져야 한다.

그들이 의심조차 할 수 없도록.

혹시나 이상하게 생각하더라도 루크를 특정할 수 없도록.

'그렇게 준비를 마치고 때가 되면 그때 모든 걸 말하는 거야.'

그러기 위해서 지금은 조금 참아야 했다.

전혀 푹신하지 않은 침대도, 올이 다 나가 버린 옷도, 단 두 권밖에 없는 책도.

기껏 환생까지 해서 이런 걸 참아야 하는 게 우습기도 했다.

'까짓것 슈넬덴을 위해 이거 하나 못 참겠냐?'

적어도 저승에 있을 가족과 부하들에게 이런 꼴의 가문을 이야기해 줄 수는 없지 않겠는가.

'일단은 나부터 강해져야 한다. 그러기 위해선 한시라도 수련을 게을리해서는 안 돼.'

루크는 목검을 집어 들고는 곧장 밖으로 나갔다.

부웅- 부웅-!

이어서 꽤 묵직한 파공음이 병실 마당에 울려 퍼졌다.

왠지는 몰라도 이 몸은 열다섯 살이 되도록 검을 잡지 않았다.

기운을 살펴보면 오래 전에 잡아 본 적이 있는 것 같기도 하고.

아무튼 확실한 건 최근 들어서는 단 한 번도 검을 잡지 않았다는 것이다.

덕분에 조금만 검을 휘두르더라도 지금처럼 금방 팔이 무거워졌다.

그뿐일까.

휘두르는 동작을 보조하는 다리, 허리, 어깨 모든 곳에서 고통이 느껴졌다.

그럼에도 루크는 검을 휘두르는 걸 멈추지 않았다.

'원래 몸은 주인이 길들이기 나름이지.'

루크가 들어왔으니 이제 이 몸은 앞으로 수도 없이 검을 휘둘러야 할 몸.

그렇기에 지금부터라도 길이 잘못 든 걸 되돌려 놓아야 했다.

뚝, 뚝, 뚝.

루크의 몸은 생전 해 보지 못했던 운동량에 땀을 쏟아 냈다.

어느새 마당은 그가 내뿜은 열기로 가득 찼다.

🌀

그런 그를 바라보는 다른 시선들이 있었다.

"도련님께서는 계속 저러시는 겁니까?"

"그렇네. 혹시나 몸에 탈이 날까 걱정이야."

"도련님의 기억은 여전하죠?"

토르빈의 질문에 의원은 면목 없다는 듯 고개를 끄덕였다.

"주인이 저리되었으니 자네도 걱정이 많겠어."

"그렇긴 하죠……."

그러나 토르빈의 얼굴은 그리 어둡지 않았다.

어디 가서 이렇게 말은 못 하지만, 솔직히 말해 기억을 잃은 루크가 훨씬 더 슈넬덴의 혈족다웠기 때문이다.

그것도 매우.

과거의 루크는 좋게 말해 착하고 순했다.

나쁘게 말하면 어리숙하고 소심했던 것이다.

그러나 지금의 루크는 언행이 좀 거칠긴 해도, 어떤 확고한 목표가 생긴 것 같았다.

현시점의 슈넬덴엔 후자의 혈족이 더 필요할 수밖에 없었다.

'가주님께서 걱정이 많으셨는데, 이 점은 다행이구나.'

토르빈의 입가엔 흐뭇한 미소가 걸려 있었다.

'여기가 내가 살던 곳이라고?'

루크는 불만이 가득 담긴 눈으로 낡아 빠진 건물을 훑어봤다.

대문 앞에는 소월관이라고 적혀 있었다.

소월관.

루크도 잘 알고 있던 곳이었다.

이곳은 원래 슈넬덴가를 방문한 손님들에게 내주는 건물이었다.

귀빈용 건물은 따로 있었고, 소월관은 '평범' 등급으로 분류된 손님들이 머무는 곳이었다.

그랬던 곳이 이제는 무려 직계 혈족이 머무는 거처가 된 것이다.

'심지어 관리도 엉망이네.'

그래도 예전에는 그럭저럭 괜찮은 건물이었으나, 보수가 이루어지지 않았는지 이제는 연식이 그대로 느껴졌다.

명색이 직계 혈족이 머무는 곳임에도 다른 이들이 머무는 숙소와 크게 다를 게 없어 보였다.

'직계 혈족이 사는 곳을 관리할 돈도 안 남았나?'

가문의 꼴을 볼 때마다 그런 생각밖에 들지 않았다.

슈넬덴은 비단 무예만 강조한 곳이 아니었다.

이 큰 가문을 굴리기 위해서 상업에도 큰 관심을 가졌고, 꽤 많은 사업체를 휘하에 두고 있었다.

도대체 어떻게 해야 200년 만에 그 모든 걸 잃을 수가 있는가.

이쯤 되면 가문이 이 꼴이 된 게 비단 멀빈 때문만은 아닌 것 같다는 생각마저 들었다.

'아니지, 아니야.'

루크는 얼른 고개를 저었다.

'아무리 그래도 저 아이들을 욕해선 안 되지.'

그들이라고 집안을 살리기 위해 고군분투하지 않았겠는가.

후손들에 대한 질타는 이 상황을 전부 다 되돌려 놓은 뒤에 해도 늦지 않을 것이다.

"후우……."

루크는 심호흡을 하며 마음을 가다듬었다.

'어쨌든 의무실에서 코어를 분열하는 데까지는 성공했잖아.'

당장은 멀어 보여도 목표에 한 발자국씩 다가가고 있었다.

그것도 예상했던 것보다는 빠르게.

가문의 꼴을 볼 때마다 속이 뒤집히는 게 흠이었지만, 그래도 가문의 영광을 되찾기 위해서라면 이 정도는 참고 넘어갈 수 있었다.

'그래, 여기서부터 가문의 부활이 시작되는 거야.'

"도련님? 안 들어가고 뭐 하세요?"

한창 속으로 큰 포부를 외치고 있었는데, 토르빈이 눈치 없이 맥을 끊었다.

"눈치 없는 놈."

"네?"

"아니다. 들어가자."

"제가 무슨 잘못이라도 했습니까?"

"아니."

"근데 표정이 왜 그러십니까?"

"그럴 일이 있어."

"지금 저한테 뭐 마음 상한 거 있으시죠?"

"없대도."

루크와 토르빈이 티격태격하면서 소월관으로 들어가려 할 때였다.

"보아하니 몸은 좀 괜찮은가 보구나."

옆에서 목소리가 들려왔다.

루크는 속으로 뜨끔했다.

누군가 이렇게까지 다가왔는데도 인기척을 전혀 눈치채지 못했으니까.

예전 같았으면 절대 생각도 못 했을 일.

아무래도 이 몸에 적응하는 데 꽤 오랜 시간이 걸릴 것 같았다.

루크는 속으로 한숨을 내쉬며 그 목소리의 주인공을 보았다.

그곳엔 검은 머리의 중년 남성이 서 있었다.

'저 아이가 내 후손이구나.'

루크는 단번에 알아보았다.

노던의 설풍을 연상케 하는 맑고 시원한 기운.

슈넬덴가 특유의 그 기운이 저자에게서 유독 진하게 느껴졌기 때문이다.

그는 내심 궁금증을 가지고 후손을 살펴보려 했다.

어쨌거나 자신의 피가 섞인 후손이 아니겠는가.

그러나 옆에 있던 토르빈이 그의 옆구리를 쿡 찌르는 바람에 그럴 수 없었다.

"가주님을 뵙습니다."

가주님이라니.

그럼 저자가 지금 자신의 아버지란 말이었다.

"기억을 잃었다고 들었다. 좀 괜찮느냐?"

"어…… 아직은 찾는 중입니다."

"이 아비에 대해서 기억나는 것도 전혀 없고?"

"죄송합니다."

"허어……."

가주의 눈에선 슬픈 빛이 지나갔다.

제 자식이 아비를 기억 못 한다니 그럴 만도 했다.

"그래도 몸은 좋아 보이니 다행이구나."

"슈넬덴의 몸이지 않습니까? 그 정도로는 끄떡없습니다."

"그래, 그럼 일전에 약속했던 티타임엔 참석할 수 있겠느냐?"

루크는 슬쩍 토르빈을 쳐다보았다.

티타임이 있다는 건 전혀 들어 본 적 없는 이야기였다.

'딱 들어 보니까 귀찮은 것 같은데 못할 것 같다고 그래.'

루크는 토르빈을 향해 눈으로 말했다.

그러나 그의 대답은 전혀 다른 방향으로 나왔다.

"도련님이라면 가능하실 겁니다!"

"에?"

"의원에게 물어보니 도련님의 몸에는 전혀 문제가 없다고 합니다. 기억은 아직 되찾는 중이지만, 티타임을 하는 데는 무리가 없습니다."

토르빈의 대답에 가주는 만족스럽다는 듯 고개를 끄덕였다.

"반가운 이야기구나. 그럼 교육은 토르빈 집사가 맡아 주겠지?"

"물론입니다."

"든든하군. 그럼 그때 보자꾸나, 루크."

"그럼 조심히 들어가십시오, 가주님."

토르빈은 그가 보이지 않을 때까지 고개를 숙이고 있었다.

루크는 그런 토르빈을 불만스러운 눈으로 보았다.

"너 뭐야?"

"왜요?"

"아니, 누구 마음대로 티타임을 한대?"

"이게 그냥 티타임이 아닙니다."

"그럼 무슨 티타임인데?"

"무려 코넬리오 지원단이 오는 자리란 말입니다."

그 말을 들으니 더 가기 싫어졌다.

안 그래도 코넬리오가 마음에 안 드는데, 그놈들과 앉아서 차를 마시라고?

당장 거절하고 싶었지만, 그럴 수 없었다.

이건 루크에게도 기회였다.

코넬리오 놈들이 200년 전과 어떻게 달라졌는지 알 수 있는 기회.

일단 적이 어떤 녀석인지 알아야 대응을 할 거 아닌가.

"그래?"

"이럴 때가 아닙니다. 얼른 안으로 들어가시죠."

토르빈은 소월관으로 들어가자마자 웬 다기 세트를 들고 왔다.

루크는 단번에 그 다기가 싸구려려는 걸 알아보았다.

아무리 그래도 나름 명문가라는 곳에서 저런 저잣거리에서나 팔 것 같은 다기를 쓰다니.

이젠 더 이상 쉴 한숨도 없었다.

"그건 뭔데?"

"도련님께서는 기억을 잃지 않으셨습니까? 그러니 예법을 다시 배우셔야죠."

딸그락.

쪼르르르.

토르빈은 우아하게 차를 따르며 말했다.

아마 예법이 무엇인지 보여 주기 위한 것 같았다.

"다 알려 드릴 시간이 없으니, 필수적인 것부터 속성으로 알려 드리겠습니다. 이것도 다 배우셨던 것들이니 금방 기억이 나실 겁니다."

"아, 그래?"

루크의 무성의한 답변에 토르빈은 울상이 되었다.

그에게서 배우고자 하는 의욕이 전혀 느껴지지 않았기 때문이다.

'도련님께서 변한 줄 알았는데, 내가 사람을 잘못 본 건가?'

인정하긴 싫어도 코넬리오의 지위는 지금의 슈넬덴보다 한참이나 높았다.

아무리 슈넬덴의 혈족이라고 해도 그들과의 자리를 가지는 건 그리 쉽지 않은 일이다.

이번에는 운이 좋게도 첫째 도련님이 시간이 안 맞아 생긴 기회가 아니던가.

그런데도 루크는 전혀 의욕을 보이지 않았다.

하지만 그 기분 나쁨은 이내 놀라움으로 변했다.

쪼르르르.

루크가 능숙하게 차를 따르고 있었기 때문이다.

찻주전자를 들고 있는 루크의 모습은 어느 사교계의 스타보다도 품격 있어 보였다.

"도련님……."

"왜, 무슨 문제라도 있어?"

"아, 아뇨. 완벽하시네요."

심지어 기억을 잃기 전보다도 훨씬 더 정갈하고 우아하게 차를 따랐다.

그도 그럴 것이 평생을 명문가에서 살았던 루크에겐 습관처럼 배어 있는 일이었으니까.

그러나 그런 사실을 모르는 토르빈은 눈을 동그랗게 떴다.

"설마 기억이 돌아오고 계신 겁니까?"

"기억이 돌아온 것까지는 아니고…… 그냥 몸에 익은 느낌?"

"그래도 그게 예전 기억이 조금씩 돌아온다는 의미 아니겠습니까?"

"그래, 어쨌든 예법 수업을 더 들을 필요는 없는 거지?"

"네, 이 정도면 따로 수업할 필요는 없겠네요."

"기껏 준비해 온 거니까 이 차는 내가 마실게."

"네, 알겠습니다."

토르빈은 멋쩍게 웃고는 방을 나갔다.

일주일 속성으로 계획해둔 교육이 이렇게 쉽게 끝날 줄은 몰랐다.

누가 알았겠는가.

기억을 완전 잃은 줄 알았던 도련님이 예법을 기억하고 있을 줄은.

'그런데 도련님께서 기억을 되찾는 게 과연 좋은 일인가?'

불경한 생각이긴 했지만, 그런 생각이 드는 것도 어쩔 수 없었다.

토르빈은 복잡한 머릿속을 정리하지 못한 채 복도를 걸어갔다.

열흘 후.

이미 생기라고는 전혀 찾아볼 수 없던 슈넬덴의 본가가 오랜만에 바쁘게 움직이고 있었다.

"내가 말한 건 다 옮겼나?"

"이게 마지막입니다."

"서둘러. 다른 준비도 마치려면 시간이 부족하니까."

"그게 어디 우리 탓이랍니까? 코넬리오 쪽에서 자꾸 일정을 뒤로 미루니까 그렇게 된 거지."

"불평할 시간에 더 빨리 움직여."

집사장 디온은 불안한 표정으로 일이 진행되는 걸 살폈다. 한편 그 모습을 보고 있던 루크는 불만스러웠다.

'쯧쯧, 코넬리오에게 끌려 다니기나 하고, 이게 뭐 하자는 건지…….'

원래 코넬리오의 지원단이 도착하기로 되어 있던 건 이

틀 전.

이마저도 원래 계획보다 더 늦어진 것이었지만, 슈넬덴은 아무 불만도 없이 그 일정에 맞춰 준비를 했다.

그런데 그들은 아무 예고도 없이 또 이틀이 지연됐다는 연락을 보내 왔다.

'나 때였으면 상상도 못 할 일인데.'

못마땅하긴 했지만 동시에 속이 쓰리기도 했다.

어쨌거나 돈을 쥐고 있는 쪽은 코넬리오였으니 저런 배짱이 나올 수도 있는 거 아니겠는가.

약하고 아쉬운 쪽이 참고 기다리는 수밖에.

땡, 땡, 땡.

준비를 거의 마칠 무렵, 저 멀리서 종소리가 들려왔다.

"지원단을 모실 인원들은 날 따라오고 나머지는 마저 마무리해 두도록."

"예."

그건 코넬리오 지원단이 슈넬덴 산 아래에 왔다는 신호였다.

급하게 정문으로 나가 보니 저 멀리서 화려한 마차 행렬이 보였다.

행렬의 길이만 해도 50m는 가뿐히 넘어가는 대규모 행렬.

그 행렬 가운데에서도 단연 눈에 띄는 마차 두 대가 있었다.

다른 마차와는 달리 화려한 장식과 붉은색이 곳곳에 섞여 있는 마차.

그건 코넬리오의 혈족들만이 탈 수 있는 것이었다.

'직계까지는 아니고 방계를 보낸 건가?'

직계들이 타고 다니는 마차는 저것보다 훨씬 더 화려했다.

'그럼 우리 쪽에선 내가 저들을 맞이하는 건가?'

일단 직계 혈족인 자신이 나와 있었다.

이것만으로 이미 자존심이 상하는 일이긴 했다.

코넬리오 쪽에선 방계를 대표로 내보냈으니, 원래는 슈넬덴 쪽에서도 방계 혈족을 내보내는 게 격에 맞았다.

그러나 그건 어디까지나 루크가 말하는 '나 때'의 경우.

현재의 슈넬덴은 코넬리오의 지원을 받는 처지다.

자존심이 상하더라도 직계가 정문까지 마중을 나오는 게 이상한 건 없었다.

'좋게 생각하자. 가주가 안 나온 게 어디야.'

가문끼리 형제의 예를 맺었을 때나 일개 지원단에 가주가 마중을 나올 것이다.

그게 말이 형제의 예이지, 사실상 졸개와 다름없는 관계.

그것만 아니라면 됐다.

루크는 진심으로 그렇게 생각했다.

그러나 그의 바람은 잠시 후 처참히 깨지고 말았다.

저벅저벅.

발소리와 함께 사람들이 일제히 고개를 숙였다.

"가주님, 오셨습니까."

집사장이 그가 누구인지 말해 줬다.

"수고가 많군. 지원단은 도착했는가?"

"예, 이번에는 마지막까지 일정을 바꾸지 않아서 다행입니다."

"아직은 모르지. 저러다 또 시상이 떠올랐다며 마차를 멈춰 세울지도."

정말로 가주가 맞았다.

꼴을 보니 이런 적이 한두 번이 아닌 것 같았다.

"이런 썅."

루크의 입에선 나지막이 욕설이 흘러나왔다.

Chapter 2

철컹.

끼이익!

정문이 열리고 지원단이 본가로 들어왔다.

"슈넬덴의 가주 율리안 슈넬덴이 코넬리오의 지원단 방문을 크게 환영하오."

"뭘 여기까지 나오셨소?"

지원단의 대표로 보이는 자가 능글거리며 말했다.

저놈도 지금 상황을 알면서 일부러 저렇게 묻는 것이었다.

그러나 가주 쪽에서 나오는 대답은 더 가관이었다.

"형님의 가문에서 지원단이 오는데 내 방에서 기다릴 수 있어야지."

루크의 속에서는 천불이 났다.

'아무리 가문의 위세가 예전만 못해도 그렇지.'

가주라는 작자가 정문까지 마중 나온 것도 모자라, 코넬리오에 형님 가문이라며 아양을 떨어 대고 있다니.

대체 이 꼴을 조상님들에게 어떻게 보여 준단 말인가.

"가주께서는 강녕하시었소?"

"대가주님의 은덕으로 이리 강녕하지 않겠소."

"허허허! 대가주님께서도 슈넬덴에 관심이 많으시오. 그러니 이렇게 우리를 보낸 거 아니오."

"대가주님께서 슈넬덴을 이리도 굽어 살펴 주시니 몸 둘 바를 모르겠소."

지금 저 대화는 루크에겐 매우 익숙한 꼬락서니였다.

과거 자신의 앞에서 아양을 떨어 대는 가주들이 딱 저랬기 때문이다.

그런데 이제는 자신의 후손이 저러고 앉았다.

그것도 코넬리오 앞에서!

루크의 속은 썩어 문드러졌다.

가문이 망했다는 걸 직접 봤을 때보다도 더 참담한 심정이었다.

'도대체 가문을 어떻게 굴렸으면 이렇게 되는 건데?'

가문이 가난해졌다는 건 알고 있었다.

하지만 얼마나 돈이 없어야 슈넬덴의 가주씩이나 되는 자가 코넬리오에게 아양을 떨어야 할까?

아무리 자신이 비명횡사했기로서니, 그동안 쌓아 뒀던 가문의 재산과 사업체는 어떡하고 코넬리오에게 이렇게 빌어먹으며 살고 있는 걸까.

당장이라도 가주의 멱살을 잡고 물어보고 싶은 것들이 많았다.

그러나 이 상황에서 자신이 할 수 있는 일은 그저 핏물이 배어날 정도로 입술을 꽉 깨물며 화를 참는 것뿐이었다.

"자 자, 여기에서들 이럴 게 아니라 안으로 들어가는 게 어떻겠소? 귀빈들을 이리 오래 세워 둘 수는 없지."

"그거 좋지. 역시 가주께선 예를 아는 분이오."

"집사장, 티타임을 준비해 주게."

"예."

디온이 미리 추려 놓았던 인원들을 불렀다.

거기엔 토르빈도 포함되어 있었다.

토르빈은 가기 전에 슬쩍 루크에게 다가왔다.

"도련님, 저번에 말씀드렸던 예법, 다 기억하고 있으시죠?"

"……."

"긴장하신 거 아니죠? 설마 또 기억을 잃었다거나……."

"그런 거 아니야."

"휴, 다행이다. 아무튼 아쉬워도 코넬리오에겐 잘 보여야

합니다."

"그건 모르겠다."

루크는 손을 휘적거리고는 가주의 뒤를 따라갔다.

'그냥 안에 들어가서 다 엎어 버릴까?'

토르빈이 들었으면 까무러칠 만한 생각을 하면서.

명실상부 테론 대륙 제일의 가문 코넬리오가.

그들은 모든 면에서 축복받은 가문이었다.

슈넬덴과 달리 그들은 1년 내내 온화한 지역에 자리를 잡았다.

깨끗한 물도 풍부하고 토지도 비옥해 농사를 짓기에도 최적의 환경일 뿐만 아니라, 질 좋은 철광석도 많아 무기를 만들기도 좋았다.

그러나 그들이 대륙 제일이라는 타이틀을 거머쥘 수 있었던 진정한 이유는 따로 있었다.

우월한 신체 능력과 압도적인 마나 동원력을 가진 축복받은 신체.

무엇보다 순수한 힘과 실력만을 강조하는 가풍까지.

코넬리오는 대륙의 패자가 될 수밖에 없는 가문이었다.

그런데 지금의 코넬리오를 보라.

"슈넬텐으로 오는 길은 너무나 유려하여 언제나 내 발을 붙잡더이다."

"그렇게 말해 주니 고맙소."

"이 좋은 경치를 두고 차를 마시며 시를 쓰지 않을 수가 있겠소?"

"도착이 예상보다 늦어진 이유가 그 때문이었나 보오."

"차향 속에서 설풍을 느끼고 있다 보면 그만 해를 좇는 걸 까먹곤 하오. 이 또한 풍류이거늘 그리 바삐 갈 연유가 뭐 있겠소."

그러니까 오는 길에 노닥거리느라 늦었다는 말을 저렇게 하고 있었다.

아무리 방계라고 하더라도 저 녀석들은 자기가 무가의 일원임을 잊기라도 한 것일까.

옛 왕국의 귀족이라도 되는 양 에헴거리는 걸 보면 정말 그런 것 같았다.

자세히 보니 저 녀석들에게선 무예를 배운 흔적 따위는 보이지도 않았다.

보이는 거라곤 오직 배때기에 두르고 있는 기름진 지방뿐.

'멀빈아, 어쩌다가 저렇게 됐냐?'

과연 이게 멀빈이 의도했던 코넬리오가의 모습일까.

자신을 죽여 가면서까지 지키고자 했던 가문이 고작 이런 모습이었을까?

루크는 고개를 내저을 수밖에 없었다.

하지만 더욱 화가 치밀어 오르는 건 그런 코넬리오에게 실실 웃고 있는 자신의 후손이었다.

"그렇소. 무릇 군자라면 풍류를 쉬이 여겨선 아니되겠지."

'내가 이 꼴을 보려고 환생한 건가.'

루크는 한심하기 그지없는 제 후손을 보며 고개를 절레절레 저었다.

"노던 지방의 운치를 내 시적으로 표현해 보자면⋯⋯."

무가의 혈통이면서도 검이 아니라 혓바닥만 살아 있는 한심한 녀석이 30분째 지껄이고 있었다.

"노던의 백로조차 경탄할 만한 훌륭한 시요! 모튼 공, 어찌 공은 시집을 출간하지 않는 것이오?"

그것보다도 마음에 들지 않는 것은 그 한심한 녀석에게 아양을 떨어 대는 자기 자신이었다.

이게 가문을 위한 길이라면 그깟 자존심쯤은 버릴 수 있으리라.

몇 번이고 다짐했지만, 그럼에도 매번 자괴감이 드는 건 어쩔 수 없었다.

그리고 오늘따라 그 자괴감이 더 깊어졌다.

그 이유는 줄곧 자신을 쳐다보고 있는 아들 때문이었다.

'어째서 그런 눈으로 나를 보는 것이냐?'

둘째 아들 루크는 세상 한심한 눈으로 자신을 바라보고 있었다.

갑자기 눈에 뻔히 보이는 거짓말을 했다가 할아버지께 호되게 혼났던 과거의 기억이 떠올랐다.

그때 거짓말을 치는 자신을 보던 할아버지의 눈빛이 딱 저랬다.

'기억을 잃고서는 사람이 달라졌다더니.'

워낙 바빠서 아들을 자주 보지는 못했지만, 그래도 자신이 기억하는 루크는 답답하다고 느껴질 정도로 순한 녀석이었다.

그런데 지금 저 눈을 보라.

자신뿐만 아니라 이 공간에 있는 모두를 한심하게 생각하는 것 같았다.

'하다 하다 내가 아들 녀석에게까지 주눅 들다니.'

지금 자신이 처한 상황 때문이었을까.

정말 부끄럽게도 율리안은 기분이 상해 버렸다.

그는 눈에 힘을 주어 제 아들 녀석을 째려보았다.

'어서 대화에 끼지 못할까!'

그런 메시지를 담아서.

심지어 살기까지 조금 담았다.

어릴 때 이후로 거의 검을 잡지 않았던 아들 녀석이 등골이 오싹해질 정도로.

'아들을 상대로 내가 뭘 하는 거지?'

그러다 문득 자식에게 객기를 부린 게 부끄러워진 율리안은 살기를 거둬들이려 했다.

"흥."

그런데 그에 앞서 루크가 콧방귀를 뀌며 살기를 걷어 내 버렸다.

율리안의 눈이 부릅떠졌다.

비록 약한 살기를 담았다고는 하나, 자신은 슈넬덴의 가주였다.

그런 자신이 흘린 살기를 저렇게 쉽게 걷어 내다니.

게다가 저 같잖다는 듯 쳐다보는 눈빛을 보라.

아무리 봐도 그가 아는 루크의 눈빛이 아니었다.

'그러고 보니 뭔가 익숙한 기운이 느껴진 것 같기도 하고.'

루크에 대한 온갖 의문들이 떠오를 무렵, 코넬리오 측에서 복잡한 머릿속을 한 번에 잠재울 만한 폭탄을 떨어뜨렸다.

"듣자 하니 가주께서 그레이턴 방벽과 관련하여 주변 가문들에 도움을 요청했다던데."

'꽤 빨리 그 이야기를 꺼내는구나.'

율리안은 속으로 한숨을 푹 내쉬었다.

그러나 여기서 더 우물쭈물할 수는 없었다.

"그렇소. 최근 마물들의 수가 늘어나는 바람에 방벽 앞 정찰 망루 확보가 어려워졌소. 해서 다른 가문들에 협조 요청을 해 둔 상태이오."

"한데 샤룬 가문을 비롯한 주변 가문의 사정도 넉넉하지 않다고 들었소만."

"그러나 망루가 확보되지 않으면 방벽 방어에 큰 위협이 될 수도 있소."

"아, 그렇소?"

"그레이턴 방벽이 무너지면 그다음 어떻게 될지는 모튼 공도 알고 있을 것이오."

"사실 방어랄 게 있긴 하오?"

"그게 무슨 말이오?"

"대영웅께서 마룡을 토벌한 후, 마물들은 200년 동안 설산에서 쥐 죽은 듯 살았잖소. 혹한이 오더라도 기껏해야 경쟁에서 밀린 마물들이나 잠깐씩 얼굴을 비출 뿐이고."

모튼의 입꼬리가 씰룩거렸다.

"어쨌든 대가주님께서 그들에게는 다른 지시를 내릴 게 있으시다고 하니, 방벽 망루 확보 건은 슈넬덴이 단독으로 해 줬으면 하오."

"그럴 수는……."

"대가주님의 뜻이오."

율리안은 입을 다물 수밖에 없었다.

코넬리오 가주의 뜻이라는데 자신이 뭐라 토를 달 수 있겠는가.

싫으면 지원을 그만 받으면 되는 것이겠지만, 지금의 슈넬덴은 그 돈이 없으면 유지조차 어려운 상황이었다.

"정 어렵다면 조상들끼리의 연을 생각하여 코넬리오에서 도움을 줄 수도 있다고도 하셨소."

"어떤 도움이오?"

"우리 병력을 내주겠소. 다만 그들이 머물 곳과 주둔 비용은 슈넬덴에게서 내주는 것이 도리일 것이오."

율리안의 눈에 핏발이 섰다.

코넬리오 쪽에서는 그 반응을 즐기는 것 같았다.

"만약 그러지 못하겠다면?"

"그렇다면 방벽 건은 슈넬덴이 알아서 해야 할 터요. 망루를 확보하든 새 망루를 만들든."

모튼은 한껏 몸을 뒤로 젖히며 여유를 보였다.

율리안은 주먹을 꼭 쥐는 것으로 분노를 삭여야 했다.

당장 저놈들을 잡아 족치는 건 어렵지 않으나, 그 후의 일은 현재의 자신이 감당할 수 없었으니까.

하지만 쉽게 받아들일 수는 없었다.

집안에 병력을 들이는 건 단순히 형제의 예를 맺는 것과는 차원이 달랐다.

그렇다고 저 제안을 거절한다고 해서 다른 방법이 있는 것도 아닌 상황.

애당초 지원 물자를 들고 흔드는 시점에서 이미 이건 답이 나와 있었다.

"알겠소. 내가 자리를……."

율리안은 말을 하려다 말고 눈을 슬쩍 돌려 제 아들의 눈치를 살폈다.

이유는 자신도 몰랐다.

그저 본능적으로 그렇게 움직였을 뿐.

예상대로 루크는 야단이라도 치는 것 같은 눈으로 율리안을 보고 있었다.

그러다가 작게 한숨을 내쉬고는 그에게서 눈길을 돌렸다.

그 행동이 마치 못 본 척해 주겠다고 말하는 것 같았다.

"……마련해 보겠소."

율리안은 기어들어 가는 목소리로 말했다.

"허허! 역시 가주께선 말이 통하는 분이오. 걱정하지 마시오, 코넬리오의 병력이 간다면 그깟 초소쯤은 금방 확보할 테니."

멍청이가 맘껏 웃어젖히는 사이, 율리안은 다시 한번 루크를 바라보았다.

이제 그는 아예 자신을 보고 있지도 않았다.

그 이후로 루크는 단 한 번도 율리안 쪽으로 눈길을 돌리지 않았다.

심지어 다음 차와 디저트를 꺼내 오는 동안에도.

'나 혼자만의 착각이었나?'

루크가 워낙 모르는 척을 하니 끝에 가서는 이런 생각도 들었다.

이 티타임이 너무나도 싫었던 나머지 도피처로써 자기 혼자 어린 아들과 눈싸움이나 하고 있었던 것은 아닐까.

"이제 그만 일어나야겠군. 자세한 이야기는 여독을 풀고 나서 연회 때 나누기로 하는 게 어떻소?"

"그러지. 나도 오랜만에 즐거운 티타임이었소."

"그럼 아버지, 저도 할 일이 있어 이만 가 보겠습니다."

곧이어 루크도 일어났다.

예의가 없다고 호통을 쳐야 할까.

아니면 아까는 그 눈빛은 뭐냐며 물어봐야 할까.

그런 고민을 하는 사이, 루크는 이미 연회장을 나가 버렸다.

율리안은 못내 아쉬운 눈으로 루크가 떠나간 문을 지켜보았다.

"집사장, 자네가 보기엔 어땠는가?"

율리안의 질문에 디온이 고개를 숙였다.

"송구하오나 어떤 걸 말씀하시는지요."

"루크 말일세."

"루크 도련님이라면…… 예법에 그렇게 능한지 몰랐습니

다. 그 깐깐한 코넬리오 측에서도 아무 말이 없었을 줄이
야."

"예법이라……. 그렇게만 느껴졌는가?"

"하오면……?"

"아닐세. 내 괜한 걸 물었군."

율리안은 멍하니 허공을 응시했다.

'정말로 내 착각이었던 건가.'

하지만 그는 아직도 루크가 보인 눈빛이 생생하게 떠올
랐다.

그건 결코 착각이 아니었다.

'그리고 루크가 보였던 한기는 무엇이란 말인가?'

루크는 자신의 살기를 걷어 낼 때 아주 잠깐이지만 기운을
흘렸다.

워낙 찰나의 순간이라 당시에는 알아차리지 못했지만, 그
베일 듯한 한기는 분명 슈넬덴의 것이었다.

'그럴 리가 없는데.'

루크는 그 유약한 성품 탓에 어릴 때 이후로 검을 잡지 않
은 몸.

당연히 마나를 다룰 수 있을 리가 없었다.

하물며 지금은 가문 내에서 배울 비전도 부족한 실정이
었다.

'그건 알고 있지만, 분명 그건 슈넬덴의 기운이 확실했어.'

율리안의 머릿속에선 루크에 대한 생각이 가시질 않았다.

"루크가 몸을 회복한 이후로는 줄곧 검술을 수련하고 있다지?"

"담당 집사가 전하기로는 몸이 쑤셔서 검을 휘두른다고 했습니다."

"그날 이후로 검을 놓았던 아이가 어째서……."

"이번에 머리를 다치시면서 심적인 변화도 함께 겪은 듯합니다."

"흐음."

율리안은 생각에 잠긴 듯 턱을 쓰다듬었다.

"둘째에게 다시 한번 정식으로 검을 가르쳐 보면 어떻겠는가?"

"지당하신 생각입니다. 슈넬덴의 혈통이라면 검과는 떼려야 뗄 수 없지요."

"그럼 빠른 시일 내에 루크에게 검을 가르치기로 하지."

"예, 담당 교관을 하명하여 주십시오."

"대부분의 기사들은 방벽 근무와 상로 확보로 바쁘니, 남은 이는 밀리 경밖에 없겠군."

"밀리 경이라면……."

말끝을 흐렸다.

밀리라면 라히츠 밀리를 의미하는 것이리라.

그리고 그는 슈넬덴의 장남인 테오 슈넬덴의 담당 검술 교관이었다.

"첫째 도련님과 둘째 도련님을 또다시 붙인다는 말씀이십니까?"

"그러하네."

"가주님, 둘째 도련님께 검을 가르치는 건 마땅하나, 첫째 도련님과 함께 수련하는 건 위험한 것 같습니다."

디온이 걱정스러운 표정으로 말했다.

그도 그럴 것이 루크가 검을 놓은 이유가 바로 테오 때문이 아니었던가.

그런데 이제 와서 그들을 다시 붙인다니.

바람직한 방향으로 변하기 시작한 루크가 자칫 다시 원래대로 되돌아갈 수도 있었다.

"왠지 이번에는 조금 다를 것 같네."

"다를 것 같다니요?"

"테오가 루크를 변화시키는 게 아니라, 루크가 테오를 변화시킬지도 모르지."

"혹시 이유를 여쭤봐도 되겠습니까?"

"글쎄…… 그저 감이라고밖에 설명할 수 없겠군. 꽤 확실한 감."

아무리 집사장을 신뢰한다고 하더라도, 자신이 아들에게 한순간이나마 겁을 먹었다고 말할 수는 없었다.

다행히 집사장은 그에 대해서 더 깊게 묻지는 않았다.

"가주님께서 그리 말씀하시니 알겠습니다."

"그럼 부탁하지."

디온이 돌아간 후, 율리안은 가만히 창밖을 바라보고 있었다.

'과연 이 감이 어떤 결과를 낳게 될지…….'

그도 이번 결정의 결과를 확신할 수 없었다.

하지만 그런 그의 머릿속에 자꾸만 맴도는 말이 있었다.

'평범해서는 결코 벽을 뛰어넘을 수 없다.'

슈넬덴의 혈통이라면 누구나 귀에 딱지가 앉도록 듣는 말이었다.

'그래, 평범한 방법으로는 절대 가문을 되살릴 수 없을 터.'

가만히 앉아서 무너질 바엔 차라리 승부수라도 띄워 봐야 했다.

'부디 이 선택이 슈넬덴가를 살리는 길이기를.'

율리안은 마지막으로 달빛을 한 번 더 바라보았다.

그날 밤.

루크는 멍하니 본가를 걷고 있었다.

도저히 침대에 가만히 누워 있을 수 없었다.

오늘 있었던 일들이 머릿속에 둥둥 떠다녔기 때문이었다.

'코넬리오의 제후가문이 된 것도 모자라, 이제는 본가에 놈들의 병력까지 들이겠다고?'

코넬리오가 주는 돈으로 먹고살면서, 집구석에는 놈의 기사들이 돌아다니다니.

이 정도면 제후 가문이 아니라 코넬리오 지부라고 하는 쪽이 더 맞을지도 몰랐다.

'차라리 죽자, 죽어.'

뭐 하러 빙의까지 해서 이런 꼴을 본단 말인가.

'아니, 그건 그렇고 도대체 가신 기사들 수준이 어떻기에 망루 하나를 확보 못 하는 거야?'

아직 본격적인 겨울이 되기 전.

마물들이 날뛰던 200년 전에도, 이 시기에 방벽 근처에 나타나는 녀석들은 먹이 사슬에서 밀려난 약체들뿐이었다.

심지어 덴 호그가 죽은 후에는 설산의 마물들이 얌전해졌다고 했다.

그런 녀석들이 힘이 있다면 얼마나 있겠는가.

기사 몇 명만 보내더라도, 그깟 초소쯤은 쉽게 확보할 수 있을 것이다.

그런데 지금은 그 마물들을 어찌하지 못해 다른 가문의 힘을 빌려야 하다니.

고작 기사 몇 명의 인력이 없어서 코넬리오를 들이진 않을 테니, 남은 답은 하나였다.

기사 몇 명으로는 망루를 확보할 수 없다는 것.

"으으으."

루크는 단정하게 정리해 뒀던 머리를 헝클었다.

'어쩌다 가문이 이 지경이 됐냐.'

어째 슈넬덴에 온 이후로 하루라도 경악하지 않은 적이 없는 것 같았다.

'가만히 비전서 주석서에 적힌 걸 따라 배우기만 해도 이 지경은 안 됐을 텐데.'

비록 당시에 코넬리오에게 밀렸다고는 하나, 슈넬덴 역시 대륙에서 두 번째로 큰 가문이었다.

서고에 최상급 비전과 그 주석서들이 수두룩한 게 당연했다.

그중 몇 개만 제대로 배우면 대륙에서 알아주는 기사가 될 수 있을 것이다.

그뿐인가.

이 시기의 망루라면 최하급 비전을 제대로 배운 것만으로도 능히 확보할 수 있었다.

그런데 슈넬덴은 고작 그것조차 하지 못하는 상황이었다.

물론 멀빈이 수작을 부렸다는 걸 모르는 건 아니었다.

그놈이라면 온갖 수작을 부려서라도 슈넬덴을 방해했을 테지.

'아무리 그래도 말이야, 누가 발전을 하랬냐? 버티기라도

했어야지.'

슈넬덴을 되돌려 놓겠노라고 마음먹었지만, 어째 갈수록 난이도가 미친 듯이 높아지는 느낌이었다.

이쯤 되니 정말 혼자서 해낼 수 있을지 의문마저 들었다.

슈넬덴의 상황은 그만큼이나 심각했다.

'어쩌겠냐, 이것도 다 내 업보지.'

미우나 고우나 우리 가문이니 자신의 손으로 되돌려 놓아야만 했다.

오랜 시간이 걸리고, 험난한 장애물이 기다리고 있을지라도 말이다.

'아무리 그렇게 생각해 봐야, 너무 개 같잖아.'

결국 합리화를 하는 데 실패했다.

이런 절망적인 상황에서도 합리화를 하는 것부터가 말이 되지 않았다.

소설에서도 이런 꼴을 당한 주인공은 없을 것이다.

이 착잡한 마음을 풀기 위해선 좀 걸어야 할 것 같았다.

얼마나 걸었을까.

발걸음이 이끄는 대로 걷다 보니 그는 어느새 익숙한 곳에 서 있었다.

'백은관……. 여기까지 온 건가?'

백은관은 과거 루크가 종종 폐관 수련을 하러 오던 곳이었다.

본가에서도 워낙 구석진 곳에 있다 보니 인적도 드물고 생각을 정리하기 좋았다.

아마 본관을 제외하곤 본가에 있는 건물 중 가장 많이 사용한 곳일 것이다.

그랬기에 그는 이곳에서 느껴지는 이질감을 바로 눈치챘다.

'누가 여길 쓰고 있나 보네.'

그가 알기로 현재 이곳은 아무도 쓰지 않았다.

그러나 직접 보니 누군가 최근까지도 오갔던 흔적이 보였다.

'그렇다고 아예 누가 살고 있는 것 같지는 않고.'

루크는 호기심이 들어 건물 주위를 기웃거렸다.

'음?'

그러다 뒤에서 느껴지는 기척에 고개를 돌렸다.

그곳에 있는 건 두 명의 사내.

그중 하나는 못마땅한 눈으로 이쪽을 보고 있었다.

조금 사납고 번잡하긴 해도 슈넬덴 특유의 시원한 기운이 느껴졌다.

저 사내 역시 슈넬덴가의 혈통이라는 의미였다.

'쟤가 여길 사용하고 있는 아이구나.'

루크가 그렇게 생각하고 있을 때, 사내 쪽에서 먼저 입을 열었다.

"넌 뭐 하는 새끼야?"

루크가 뭐라 대답하기도 전에 사내는 삿대질을 하며 다가왔다.

"후우."

루크는 한숨부터 새어 나왔다.

머리에 피도 안 마른 후손에게 욕을 들어 먹고 있다니.

물론 저 건방진 후손 놈은 자신이 까마득한 조상님인지는 모를 것이다.

아무리 그렇다 해도 저 껄렁껄렁한 자세를 보라.

자신도 그리 예의 바른 편은 아니었지만, 이렇게 경우가 없지는 않았다.

'아닌가⋯⋯?'

－아무리 그래도 그렇지, 숙부를 그렇게 묵사발을 내면 어떡하냐? 너 같은 천둥벌거숭이는 생전 처음 본다!

가슴을 퍽퍽 두드리며 말씀하시던 아버지의 모습이 떠오르긴 했지만, 루크는 그냥 넘어가기로 했다.

'어쨌든 난 그때의 루크가 아니니까.'

"루크, 여기가 어디라고 와? 머리 다쳤다고 하더니, 형한테 맞고 다니던 시절도 까먹은 거냐?"

말하는 걸 보니 저 녀석이 자신의 형인 것 같았다.

'근데 맞고 다니던 시절이라고? 저게 무슨 소리야?'

덜덜덜.

루크가 의문을 가질 틈도 없이 몸이 먼저 떨리기 시작했다.

이건 아마 몸이 기억하고 있는 반응일 것이다.

과거 이 몸의 주인이 저 녀석에게 얼마나 당했는지 알 것 같았다.

아무리 그래도 가문이 이 지경이 되었는데, 형제끼리 서로 응원해 주지는 못할망정 괴롭힘이라니.

이러니 슈넬덴이 코넬리오의 지부로 전락해 버린 거겠지.

그렇지 않아도 코넬리오의 일 때문에 심란했는데, 저놈을 보고 있자니 그 정도가 배로 커졌다.

'이런 정신머리 없는 놈에겐 매가 약이야.'

루크가 손을 쓰려던 찰나였다.

"그만하시죠, 테오 도련님."

옆에 있던 다른 사내가 먼저 나섰다.

"어쭈? 라히츠, 이제 너까지 나를 물로 보는 거냐?"

"그게 아니라, 가주님께 처신을 주의하라고 방금 듣고 오는 길 아닙니까?"

"형이 동생을 예뻐해 주겠다는데 이게 처신을 논할 정도야?"

"여기서 또 문제를 일으키면 가주님께서도 도련님이 이곳에서 몰래 술을 마신다는 걸 아실 겁니다."

테오는 이 상황이 마음에 들지 않았는지 바닥에 침을 퉤 뱉었다.

"루크, 넌 오늘 운 좋은 줄 알아라. 라히츠만 없었어도 넌 뒈졌을 거야."

"운이 좋은 건 너겠지."

"이 새끼가 뭐라 그랬어? 기억 날아가니까 뵈는 것도 없지?"

"도련님."

결국 라히츠가 억지로 테오를 데리고 들어갔다.

루크는 가만히 그 모습을 지켜봤다.

'진짜 나 때 같았으면……'

과거 자신이 가르쳤던 기사들이 생각났다.

슈넬덴가는 인성보다 실력을 중시했기에 별의별 사람들이 다 입문했다.

그들 중에 실력은 월등하나 인성이 갱생 불가 판정받은 이들은 모두 루크에게 보내졌다.

그리고 그들은 며칠 만에 사람이 되어 나왔다.

루크의 부름에 흠칫흠칫 놀라는 약간의 부작용만 제외하고서.

칼린, 슈비처, 보어스, 테마룬.

그리운 이름들이 떠올랐다.

'그것도 다 옛날얘기지.'

루크는 입맛을 쩝 다셨다.

'딱 하루면 저놈도 사람으로 만들어 줄 수 있는데.'

루크는 아쉬움을 달래며 소월관으로 돌아갔다.

그날 테오 슈넬덴은 원인 모를 한기에 몸을 떨어야 했다.

며칠 후.

소월관 복도에는 다급한 발걸음 소리가 울렸다.

"루크 도련님!"

"왜, 나 어디 안 도망가."

"헉, 헉."

토르빈은 그제야 가쁜 숨을 몰아쉬었다.

"후아, 도련님께 검술 교관이 배정되었답니다."

"그래?"

"정말 괜찮으세요?"

"괜찮진 않지."

루크는 누군가에게 검술을 배운다는 것 자체가 별로 내키지 않았다.

감히 누가 자신을 가르칠 수 있단 말인가.

이래 봬도 자신은 마지막엔 멀빈마저 뛰어넘은 실력자이

망할 가문의
검술 천재가 되었다

거늘.

그러나 그건 어디까지나 본인만이 알고 있는 사실이었다.

대외적으로 루크는 검을 놓은 지 한참이나 지났다.

앞으로 검을 사용할 명분을 만들기 위해서라도 지금 군말 없이 배워야만 했다.

"그래도 어쩌겠어. 슈넬덴의 혈족이라면 당연히 검을 배워야지."

"검술 교관이 누군지는 알고 그러세요?"

"당연히 모르지."

"밀리 경이에요."

"모르는 사람이네. 그런데 그 사람이 왜? 뭐 문제라도 있어?"

"아뇨, 뭐……."

토르빈은 대답을 하는 대신에 말끝을 흐렸다.

마치 이걸 말해도 되는지 고민하는 것 같았다.

"뭔데 그래?"

"정말 기억 안 나세요?"

"기억이 났다면 너한테 이렇게 안 물어보겠지."

"하긴…… 라히츠 밀리 경은 첫째 도련님의 호위 기사이자 검술 교관이에요."

"어?"

루크는 왠지 익숙한 이름에 눈을 번쩍 떴다.

백은관 앞에서 만났던 그 싸가지 없는 후손.

그 녀석이 자신을 형이라고 말했었다.

또 그 녀석을 말리던 기사의 이름이 라히츠였던 것 같았다.

"뭔가 기억나셨죠? 첫째 도련님 때문에 도련님께서 검을 놓으셨잖아요."

"그랬어? 무슨 일을 당해야 검을 놓지?"

"하아……."

토르빈은 이마를 짚었다.

그에겐 미안했다.

하지만 어쩌겠는가.

아무리 기다려 봐도 원래 이 몸의 기억이 돌아오질 않는데.

집사가 고생 좀 해야지.

"무슨 일이 있었냐면요……."

토르빈은 첫째 도련님, 그러니까 테오 슈넬덴과 있었던 일을 말해 주었다.

"그러니까 내가 그놈에게 괴롭힘을 당하다가 크게 다친 이후로 무서워서 검을 놓았다는 거네?"

그래서 그날 백은관 앞에서 루크의 몸이 그토록 떨었던 모양이다.

아무리 그래도 그렇지. 무가의 혈통이란 놈이 검에 한 번 찔렸다고 검을 놓다니.

아무래도 루크라는 녀석도 어지간히 답답한 녀석이었던 같다.

"근데 그놈은 원래부터 그렇게 인성이 별로였어? 슈넬덴 에게선 보기 드문 인성인데."

"그놈이라니…… 아무튼 원래부터 그런 건 아니었어요."

"그럼 왜 그 꼴이 됐대?"

"그게…… 마님이 돌아가시면서부터였어요."

그러고 보니 아버지는 본 적 있었지만, 어머니는 만난 적 이 없었다.

"테오 도련님은 어릴 때부터 가문의 유일한 희망이라며 온 가문의 기대를 한 몸에 받았거든요. 그 부담감을 덜어 주시 는 유일한 분이 마님이었는데, 그분이 돌아가시면서 완전 비 뚤어지신 거죠."

"음……."

자신을 향한 부담감을 이기지 못하고 엇나가 버린 천재.

종종 들어 볼 수 있는 사례였다.

게다가 집안이 이 꼴이니 그 부담감도 훨씬 컸을 테지.

'잠깐. 그럼 원래 가진 실력은 있다는 거 아니야?'

꽤 좋은 생각이 떠올랐다.

자신이 가문을 살리기 위해 움직이기 시작하면 그 변화가 눈에 띌 수밖에 없다.

앞으로 자신이 할 일들은 그만큼 슈넬덴에 큰 변화를 몰고

올 것들이었으니까.

그러니 자신이 수면 밑에서 활동하는 동안 세간의 이목을 끌어 줄 인물이 필요했다.

재능 있는 슈넬덴의 장남이라면 충분한 미끼가 되어줄 터.

물론 개과천선부터 시켜야겠지만, 그건 큰 문제가 아니었다.

'좋아, 얼른 형님을 만나 봐야겠네.'

그런데 그런 루크의 생각이 얼굴 위로 드러난 모양이다.

"도련님, 왜 그렇게 웃으세요, 불안하게?"

"내가? 나 안 웃었어."

"지금 입꼬리가 한쪽만 올라가 있잖아요."

"방에 난방이 잘 안 돼서 그런가? 아무튼 난 간다."

루크는 휘파람을 불며 몸을 돌렸다.

"어딜 가시게요?"

"형님께 인사 좀 드리러. 따라오지 마라, 위험하니까."

쿵.

그는 토르빈이 뭐라 말하기도 전에 문을 닫고 나가 버렸다.

토르빈은 달라져도 너무 달라져 버린 그에게 적응할 수가 없었다.

그러나 왠지 큰 문제가 생길 것 같지는 않았다.

'여기도 엉망인 건 마찬가지네.'

루크는 테오의 거처 앞에 와 있었다.

이곳은 그래도 '중요' 등급의 손님을 모시던 청상관이었다.

그런데 오히려 소월관보다도 더욱 상태가 안 좋아 보였다.

개차반 같은 성격 탓에 집사가 자주 바뀐다더니, 최소한의 보수조차 제대로 이루어지지 않는 모양이었다.

여기가 어딜 봐서 슈넬덴의 장남이 사는 곳이란 말인가.

루크는 터져 나오는 한숨을 겨우 참아 냈다.

'얼른 그놈이나 만나 보자.'

루크는 마음을 다잡으며 대문으로 들어갔다.

정원에 들어가자마자 가장 먼저 보인 사람은 하녀였다.

"루크 도련님? 여긴 어쩐 일이십니까."

하녀의 눈에는 딱함이 담겨 있었다.

'토르빈이랑 같은 눈빛이네.'

루크가 테오에게 당한 것은 매우 유명한 사실인 것 같았다.

그렇지 않고서야 어떻게 모두에게서 저런 일관된 반응이 나올 수 있겠는가.

'뭐 인성은 상관없으니까 실력만 좀 있으면 좋겠네.'

인성이야 빠르게 고칠 수 있지만, 실력은 그렇지 않았으니까.

"형님 좀 뵈러 왔는데, 형님은 안에 계신가?"

"아뇨……. 아마 노던에 계실 거예요."

"노던?"

"거기 자주 들르시는 주점이 있거든요."

"얼마나 자주 들르지?"

"거의 매일이죠."

지금 집안 사정이 이렇게 안 좋은데 매일 술판이라면 뻔했다.

역시 이놈은 정신이 제대로 박힌 녀석이 아니었다.

"그 주점 위치는 알고 있나?"

"그렇긴 한데, 설마 거길 가실 생각인가요?"

"응."

"주제넘지만 아마 안 가시는 게 좋을 겁니다……. 라히츠 경이 아닌 분이 가면 불같이 화를 내시거든요."

"그래도 인사차 한 번 보고 올게."

결국 하녀는 마지못해 주점의 위치를 알려 주었다.

"고마워. 나중에 답례할게."

"부디 조심히 다녀오세요."

루크는 곧장 청상관을 나섰다.

곧이어 뒤쪽에서 동료 하녀가 다가왔다.

"설마 그 망나니를 보러 간 거야?"

"응."

"둘째 도련님, 또 어떤 꼴을 당하시려고……."

"역시 알려 드리지 않는 게 좋았을까?"

하녀는 작게 한숨을 내쉬었다.

"혈족님께서 말씀하시는데 우리 같은 하녀가 무슨 힘이 있냐?"

"무슨 일 없겠지?"

"모르지. 이참에 그 망나니가 크게 사고 치고 집을 나가 버리면 좋을 텐데."

하녀들은 한숨을 푹 내쉬고는 자신들의 일로 돌아갔다.

'원래 노던에 이렇게 유흥가가 많았나?'

노던의 대로변은 예전 기억 그대로였지만, 조금만 벗어나자 달라진 점이 확연히 보였다.

노던은 추운 날씨 탓에 독한 술과 주점이 발달한 곳이긴 했어도, 대부분이 그저 여관과 주점을 겸하는 곳이었다.

그런데 이 거리는 짧은 옷을 입은 여성들이 길거리에 나와 남성들을 유혹하고 있었다.

'노던의 꼴도 말이 아니구나.'

루크는 속으로 혀를 차며 하녀에게 들은 주점으로 향했다.

주점도 많고 사람도 많아 헷갈릴 수도 있었지만, 테오를 찾는 건 어렵지 않았다.

슈넬덴 특유의 기운을 쫓기만 하면 되었기 때문이다.

'기운이 좀 옅긴 한데…… 저쪽인가?'

루크는 고개를 갸웃거리며 주점으로 향했다.

그리고 주점을 들어가자마자 가장 먼저 본 광경은.

퍽!

"컥."

둔탁한 타격음과 함께 나뒹굴고 있는 남자였다.

"뭐 하고 있어? 나한테 진짜 주먹을 보여 준다고 하지 않았나? 그런데 그렇게 뒹굴고 있으면 어떡해?"

그리고 반대편에는 테오가 비아냥거리고 있었다.

"끄으윽."

"그렇지. 벌써 쓰러지면 재미없잖아."

테오는 한껏 여유를 부리며 말했다.

루크는 사람들 틈에서 그런 그의 모습을 가만히 지켜보고 있었다.

'술판에다 싸움박질까지……. 최악이네, 최악이야.'

주변 반응을 보아하니 이런 소란이 한두 번이 아닌 것 같았다.

당장 가서 뒤통수를 한 대 때릴까 싶었지만, 루크는 잠깐 자리에 앉기로 했다.

인성이야 이미 판정되었고, 저 싸움을 본다면 실력도 단번에 파악할 수 있었기 때문이다.

'그럼 우리 후손님의 재롱잔치나 봐 볼까?'

루크는 의자에 다리를 꼬고 앉은 채 싸움을 지켜보았다.

싸움은 생각보다 싱겁게 끝났다.

어느 정도 합을 겨루는가 싶더니.

콰악!

"억!"

테오의 주먹이 사내의 가드를 종잇장처럼 찢어 버렸다.

"그딴 물 가드로 누구한테 덤비겠다는 거야, 응?"

퍽, 퍽, 퍽.

그때부터는 테오의 일방적인 구타가 시작되었다.

저러다 죽는 거 아닐까 하는 생각이 들 때쯤, 주점 주인이 나섰다.

"아이고! 테오 도련님, 이제 그만하시지요."

"뭐야, 너도 처맞고 싶냐?"

"어휴, 그런 게 아니라 라히츠 경이 도련님께서 싸우시면 꼭 말려 달라 부탁을 했습니다."

라히츠라는 말이 조금은 먹혀들어 간 모양이다.

"됐어, 나도 싸울 맛이고 술맛이고 다 떨어졌으니까. 내 술값은 이놈이 내겠지?"

"물론이죠. 결투에서 졌으니까요."

"이 자식 면상 보니까 술맛 다 떨어지네, 퉤."

테오는 손을 툴툴 털고는 주점 밖으로 나가 버렸다.

쓰러진 녀석을 향해 침을 뱉는 것까지 완벽한 악당의 모습
이었다.

루크는 그 싸움을 보고 깜짝 놀랐다.

테오의 무위가 뛰어나서?

천만에.

그가 보여 준 재롱잔치만도 못한 실력 때문이었다.

명색이 가주의 직계 혈족인데 저것밖에 안 된단 말인가?

저 정도면 동네 골목대장보다도 못한 실력이었다.

직계 혈족의 실력이 저것밖에 안 되니, 망루 하나 확보 못
해서 코넬리오의 도움을 받아야 하는 거겠지.

'직계씩이나 되는 놈이 사용하는 풍월대검이 왜 저 모양
인데?'

굳이 검을 들지 않아도 보법이나 마나 운용법만으로도 알
수 있었다.

저놈이 배운 비전은 오의라고는 하나도 담겨 있지 않은,
그야말로 껍데기에 불과하다는 것을.

루크는 울화통이 치밀었다.

가문이라는 게 무엇인가.

초대 가주의 기술과 정신이 핏줄을 타고 계승되는 현장

이다.

그렇게 계승되는 과정에서 기술과 정신은 보충되고 개량되어 발전을 거듭한다.

그런데 지금 밖으로 나간 저놈 꼴을 보라.

가문의 정수를 그대로 물려받을 직계조차 저 나이가 되도록 비전을 제대로 익히지 못했다.

저놈 꼴부터가 저 모양이니, 굳이 다른 녀석들을 볼 필요도 없었다.

지금의 슈넬덴은 기술과 정신이 발전하기는커녕 가지고 있던 것마저 제대로 계승하지 못한 것이다.

이러니 화가 나지 않을 수가 있나.

'아버지, 어쩌다 슈넬덴이 이렇게 된 겁니까?'

아버지라면 이런 상황에서 어떻게 하셨을까.

설마 자신이 이런 생각을 하게 될 날이 올 줄은 몰랐다.

끼익.

루크는 잔뜩 상심한 채로 주점 밖으로 나갔다.

"넌 뭐야? 뭔데 날 쫓아오지?"

건물 옆 골목에서 테오의 목소리가 들려왔다.

"어, 너는?"

대뜸 반말을 찍 내뱉는 게 마음에 들지 않았지만, 루크는 애써 웃음을 지었다.

어쨌거나 오늘은 인사를 하러 온 거였으니까.

"여기서 다시 보네."

"이 새끼가 감히 형한테 반말을?"

"형제끼리 반말할 수도 있지."

"너 조심해라. 다음부터 내 눈에 또 띄면 그땐 진짜 죽여 버릴 테니까."

테오가 인상을 팍 구기더니 루크를 지나치려 했다.

"……풉."

루크가 그를 비웃지만 않았더라면 말이다.

"너 지금 뭐 한 거야?"

"뭘?"

루크는 아무것도 모른다는 표정으로 고개를 갸웃거렸다.

"방금 뭐한 거냐고. 나 비웃었지?"

"아니, 그런 게 아니라……."

루크의 입가에 노던의 설풍보다 더 차가운 미소가 그려졌다.

"고작 그 정도 실력으로 그런 말을 하는 게 우스워서."

아무래도 후손 놈의 교육을 좀 더 일찍 시작해야 할 것 같았다.

똥 씹은 표정이라는 표현이 있다.

예전부터 생각한 건데 이보다 더 띠꺼움을 잘 나타내는 말은 없는 것 같다.

그 누구도 똥을 직접 씹어 본 적은 없지만, 그걸 상상하기만 해도 자연스럽게 지어지는 표정이 있지 않은가.

왜 지금 이런 말을 하고 있냐면, 싸가지 없는 후손 놈이 딱 그 표정을 짓고 있었기 때문이다.

"너 진짜 뒈지고 싶냐?"

테오의 이마에서는 혈관이 툭툭 도드라졌다.

꽤 화가 많이 난 모양이었다.

그래도 까마득한 조상님에게 저런 표정이라니.

역시 요즘 것들은 버르장머리가 없다니까.

"화났으면 미안해."

루크는 고개를 까딱했다.

"내가 거짓말을 잘 못하거든."

"보자 보자 하니까……!"

테오는 더는 참지 못하고 루크의 면상을 후렸다.

획-!

그러나 그의 주먹은 허공에 궤적을 그릴 뿐이었다.

거리를 잘못 조절한 것일까.

상대가 별다른 회피를 한 것도 아니었는데 주먹이 빗나가 버렸다.

"많이 열 받았나 보네. 그래도 여기서 소란 피우면 안 되니까 좀 진정하시지?"

루크는 한 발자국 뒤로 물러나며 말했다.

그 움직임에는 한 치의 흐트러짐도 없다 보니, 마치 공중에 떠다니는 것처럼 보일 정도였다.

"야, 멈춰라."

테오는 이를 뿌득 갈았다.

"너도 좀 전의 그놈처럼 조져 주지."

"일단 협박하는 방법부터 글렀어."

테오는 진심으로 당황했는지 그 자리에 우뚝 멈춰 버렸다.

"그렇게 입만 나불거리면 누가 겁을 먹냐고."

불쑥.

어느새 테오의 코앞까지 다가간 루크가 말했다.

'뭐야? 어느 틈에 여기까지?'

테오가 그 의문점을 풀기도 전에 루크가 먼저 움직였다.

스릉.

그는 테오의 허리에 걸려 있던 검을 뽑아 들었다.

그러고는 그대로 테오를 겨눴다.

이 상태로 그가 조금만 움직인다면 검이 테오의 가슴팍을 파고들 것이다.

꿀꺽.

테오의 침 삼키는 소리가 적나라하게 들렸다.

"뭐, 뭐, 뭐야?"

"봐 봐. 바로 겁먹잖아. 협박은 이렇게 하는 거야."

루크는 검을 돌려 테오에게 건네주었다.

"나머지 인사는 차차 하자. 날이 오늘만 있는 것도 아니고."

루크는 아무 일도 없었다는 듯 다시 물러나려 했다.

척.

테오가 그에게 검을 겨누지만 않았다면.

"이 건방진 새끼, 그때처럼 내가 배에 칼빵 놔 줄까?"

"와, 들은 걸 봐로 써 버리네. 이 정도면 앞으로 뭐든 가르쳐 주는 보람은 있겠어."

"넌 지금 이게 장난으로 보이냐?"

"그럴 리가."

루크의 담담한 태도에 오히려 테오가 당황했다.

'이 새끼…… 눈깔이 뭐 이래?'

동생의 눈은 심해보다도 깊어 보였다.

마치 모든 것을 깨달은 경지에 올라선 자의 눈빛 같았다.

하지만 형이 되어서 여기서 당황한 티를 낼 수 없는 노릇.

그는 겨누고 있던 검을 목에 더 바짝 붙였다.

"내기 하나 할래?"

루크는 여전히 조금의 흔들림도 없이 말했다.

"10분 줄게. 그동안 원하는 만큼 검을 휘둘러 봐."

"뭐?"

"대신 딱 10분만이야. 그때까지 날 못 죽이면 그다음부터는 내 말을 따라 줘야겠어."

루크의 한쪽 입꼬리가 말려 올라갔다.

"그렇게 무게 잡으면 내가 겁이라도 먹을 것 같냐? 오냐,

오늘 배에 칼빵 하나 놔 주지."

그러나 이번에도 검은 애꿎은 허공만 가를 뿐이었다.

루크는 이미 두 발자국 떨어진 곳에 서 있었다.

"내기를 받아들인 것으로 봐도 되겠지?"

찰칵.

그는 품속에서 회중시계를 꺼내더니 버튼을 눌렀다.

"지금부터 10분."

노던 환락가의 골목.

거리 자체가 소란스러울뿐더러 사람 간의 다툼도 많은 곳
이다.

보통 그런 싸움은 금방 마무리되기 마련이다.

그러나 조금 전부터 이곳에선 계속해서 비슷한 소리가 들
려왔다.

슉, 슈슈슉, 슈슉!

듣기만 해도 그 날카로움이 그대로 전달되는 파공음.

그러나 정작 검이 살을 갈라놓는 소리 따위는 들리지 않았
다.

오히려 한 남성의 거친 숨소리만이 들려올 뿐이었다.

"허억, 헉."

숨이 턱 끝까지 차올랐다.

팔에 힘이 풀려서인지 검이 돌덩이처럼 무겁게 느껴졌다.

시간이 얼마나 남았더라.

그런 고민을 할 필요도 없었다.

"앞으로 1분. 언제까지 허공만 베고 있을래?"

검의 사정거리보다 딱 한 발자국 뒤에 선 채로 회중시계를 들여다보고 있는 동생 놈이 있었으니까.

저 여유로움이 테오를 더욱 화나게 했다.

여기서 한 발자국만 앞으로 내디디며 검을 뻗는다면 저 재수 없는 놈의 가슴팍을 뚫어 버릴 수 있었다.

그러나 굳이 검을 뻗지 않고도 그는 알 수 있었다.

자신의 검이 저놈에게 닿지 않을 것이라는 걸.

'도대체 어떻게 하는 거지?'

아까부터 저런 식이었다.

아무리 검을 휘둘러 보아도 녀석에게 닿을 순 없었다.

저놈은 검의 사거리에서 결코 두 발자국 이상 떨어지지 않으며 모든 공격을 피해 버렸다.

심지어 어떠한 반격도 없이!

검의 사거리가 눈에 보이기라도 하는 걸까.

아니면 본인이 귀신에게 홀리기라도 한 것일까.

무슨 술수를 쓰는 건지 도무지 감을 잡을 수가 없었다.

한편 그의 그런 모습을 보고 있던 루크는 속으로 웃었다.

'백날을 해 봐라, 그 검이 닿을까.'

루크는 저 검이 자신에게 절대 닿지 않을 거라고 확신했다.

저 녀석이 사용하는 검초는 이미 진저리가 날 만큼 익히고 익힌 것이었으니까.

과장 하나 보태지 않고 눈 감고도 그 검초를 재현할 수도 있을 것이다.

게다가 저놈은 아직 제 기운을 제대로 가릴 줄도 모르는 풋내기였다.

슈넬덴의 기운에 매우 익숙한 루크로서는 다음 공격이 찌르기인지 베기인지, 상단인지 하단인지 훤히 들여다보였다.

'언제 어떻게 공격할지 다 보이는데 거기 맞을 리가 있나.'

아직 자신의 수련이 부족한 탓에 저 녀석을 찍소리 못하도록 완벽하게 제압할 수는 없었다.

하지만 저런 녀석은 제대로 밟아 놓지 않으면 계속 기어오르는 법.

그래서 이런 내기를 하게 된 것이다.

'맞지 않는 것'이라면 1시간이고 2시간이고도 할 수 있을 테니까.

그걸 알 리가 없는 테오로서는 루크의 무위가 마법처럼 느껴지는 게 당연했다.

"시간 얼마 안 남았어. 그냥 포기하려고?"

루크는 일부러 여유로운 말투로 그의 화를 돋우었다.

그가 가진 능력을 최대한으로 끌어내기 위함이었다.

"내가 아주 호구로 보이지?"

테오는 검을 꽉 잡은 채로 호흡을 가다듬었다.

나름 슈넬덴가 최고의 재능이라 불렸던 자로서 이렇게까지는 안 하려고 했었다.

그러나 저 녀석에게 지고 놀아나느니 차라리 그깟 자존심을 버리는 게 나았다.

"여기서 이런 것까지 쓰게 될 줄은 몰랐는데……."

테오의 주위로 차가운 바람이 불기 시작했다.

그것은 꼭 노던의 설풍을 연상시켰다.

"이게 뭔지는 알겠지?"

"그게 뭔데?"

"오의까지 전수받은 진짜배기 비전이다."

"오, 그래?"

루크는 기대감에 찬 목소리로 대답했다.

"그래도 같은 핏줄을 상대로 그렇게까지 하려고?"

"다시는 그따위로 못 쳐다보게 해 주지."

테오의 검에는 백색 한기가 서렸다.

그리고 그 한기가 검 끝에 뭉치는 순간.

타앗!

그가 검을 찔러 넣었다.

검 끝에 서려 있던 한기도 함께 엄습해 왔다.

쏴아아악-!

눈사태가 그렇듯 그 한기도 한순간에 루크를 집어삼켜 버렸다.

그걸로도 부족했는지 한기는 뒤에 있던 벽마저 삼켜 버린 후에야 사그라들었다.

"후후."

테오의 입에는 확신에 찬 미소가 피어올랐다.

저 만신창이가 되어 버린 벽처럼 루크의 모습도 마찬가지이리라.

'그러게, 누구 앞이라고 아가리를 놀리는…….'

그는 생각을 멈출 수밖에 없었다.

"5초, 4초, 3초."

상처 하나 없는 멀쩡한 모습으로 회중시계를 보고 있는 동생 때문이었다.

테오는 전기가 등줄기를 타고 흐르는 감각을 느꼈다.

그것이 겁을 먹었다는 의미라는 걸 깨닫기까지는 오래 걸리지 않았다.

"어, 어떻게 된 거야?"

"2초, 1초."

루크는 아무런 대답도 없이 시간을 셌다.

"어떻게 한 거냐고, 이 새끼……!"

찰칵.

"10분 지났네. 끝."

루크는 활짝 웃으며 말했다.

"약속대로 내 말을 따라 줘야겠어."

"너 미쳤냐? 됐으니까 그냥 꺼져라. 오늘은 컨디션 안 좋아서 봐주는 거다."

"누구 마음대로?"

지금까지와는 달리 한없이 차가운 루크의 목소리에 테오는 흠칫했다.

"뭔가 착각하고 있나 본데."

"……."

"약한 놈은 닥치고 강자가 시키는 대로 해야 해. 그게 싫으면 강해지든가."

루크도 그 사실을 뼈저리게 알고 있었다.

자신이 약했기에 멀빈에게 당했고, 그래서 모든 것을 빼앗겼다.

자신의 명예뿐만 아니라 가문의 미래까지도.

멀빈과 코넬리오에게서 빼앗긴 것을 되찾아오기 위해선 반드시 강해져야만 한다.

그건 루크뿐만이 아니라 슈넬덴가 전체에 적용되는 말이었다.

"내가 너무 흥분했네."

루크는 다시 부드러운 미소를 지었다.

그러나 테오의 머릿속엔 루크의 그 차가움이 여전히 생생했다.

그건 지금껏 경험해 보지 못한 종류의 감각이었다.

"아무튼 이따 저녁에 백은관에서 봐."

"……."

테오는 루크에게 반발하려 했지만, 입이 열리지 않았다.

'뭐야, 갑자기 왜 이래?'

덜덜덜.

손끝이 미세하게 떨리고 있었다.

이마저도 힘을 줬기 때문이지, 여기서 힘을 푼다면 아예 눈에 띨 만큼 떨릴 것이다.

게다가 등골을 타고 올라오는 이 오싹한 느낌까지.

'이게 뭐야?'

그는 머리가 큰 이후로는 누군가에게 한 번도 겁을 먹어 본 적이 없었다.

그래서 자신이 겁을 먹었다는 사실조차 인지하지 못했다.

그가 굳어 있는 사이, 루크가 먼저 입을 열었다.

"말이 없는 건 알겠다는 의미로 받아들여도 되는 거지?"

"그래……."

루크의 말을 받아들이자, 그제야 돌처럼 굳어 있던 입이 움직였다.

그는 도대체 자신의 몸이 왜 이러는지 이해할 수 없었다.

'그리고 이 새끼는 갑자기 왜 이렇게 달라진 거야? 원래는 그냥 찌질이었는데.'

테오가 속으로 구시렁거리고 있는 것을 루크도 알아차렸다.

"꼬와?"

"아니, 꼭 그런 건 아니고."

"꼬우면 한 대 쳐. 물론 할 수 있으면 말이지만."

저 천연덕스러운 표정을 보자 테오는 주먹에 힘이 팍 들어갔다.

그러나 저 얼굴에는 손가락 하나 댈 수 없을 것이다.

저놈도 그걸…… 아니, 저런 말을 하는 것일 테지.

"그럼 난 이만 가 볼게. 오늘은 그냥 형 얼굴이나 보러 온 거니까."

루크는 몸을 돌렸다.

그러다 뭔가 생각난 듯 멈췄다.

"주둔병이 오면 그건 형이 해결해. 형이 사용한 소란스러운 기술 때문에 사람들이 모여들었으니까."

루크는 손을 흔들고는 골목으로 사라져 버렸다.

테오는 그가 가는 모습을 가만히 지켜보고 있었다.

다다다다!

곧이어 골목 바깥쪽에서 발걸음 소리가 들렸다.

"다들 물러서! 주둔병이다."

"어떤 얼간이들이 대낮에 칼부림까지 하면서 싸우는 거야?"

루크가 했던 말대로 주둔병들이 오고 있었다.

하긴 대낮에 벽을 통째로 날려 먹을 정도로 싸웠으니, 주둔병이 오지 않을 리가 없지.

"라히츠를 불러야겠네."

테오는 미간을 꾹 눌렀다.

이 정도 소란은 종종 있던 거라 라히츠가 잘 처리해 줄 것이다.

'그것보다 진짜 백은관으로 가야 하나?'

지금 테오의 걱정거리는 오직 그것뿐이었다.

후손과의 첫인사를 마친 루크는 다시 본가로 돌아갔다.

그 발걸음엔 어딘지 모르게 복잡 미묘한 감정이 담겨 있었다.

'그건 파도치는 서리였지?'

루크는 조금 전 후손이 보였던 비전을 떠올렸다.

순식간에 시야를 뒤덮어 버리는 날카로운 한기.

그것은 분명 자신이 만든 비전인 '파도치는 서리'였다.

그것도 오의가 제대로 담겨 있는 진짜배기 말이다.

'저놈은 어쩌다 저걸 사용하게 된 거야?'

루크는 어이없는 나머지 실소를 흘렸다.

과거 그 기술을 처음 선보였을 당시가 떠올랐다.

─정말 서리가 마치 파도치듯 밀려오는군요. 설풍검보다도 화려한 것 같습니다.

─시험 삼아 만든 기술이 이 정도라니, 역시 가주님이십니다!

─당장 비전서에 기록하겠습니다! 이런 비전은 후대에도 널리 알려야죠!

─칼린, 유난 떨지 마. 이건 준비 시간이 너무 오래 걸려서 실전에서는 사용 못 하니까. 그냥 제식용 기술일 뿐이야.

─예? 이미 기록 중이었는데요?

─넌 또 쓸데없는 짓을!

그때는 작은 해프닝 정도로 생각했었다.

그냥 설풍검을 피워 내는 과정에서 연습 삼아 만들어 본 기술.

그런데 바보같이 충직한 기사들이 기어코 그걸 비전서에 써 두었던 모양이다.

그러니 저 기술이 후손들에게 전해진 것일 테지.

그런 기술을 무슨 대단한 비기라도 되는 양 사용하는 후손을 보자 씁쓸해졌다.

'주류 비전은 제대로 쓰지도 못하면서 저런 건 또 왜 제대로 쓰는 건지.'

이것이 현 슈넬덴의 상황이었다.

직계조차도 제대로 된 비전조차 못 배우는데, 어떻게 가신 기사들이 비전을 배울 수 있겠는가.

그래도 이런 암담한 상황 속에서도 한 가지 희망을 보긴 했다.

'그 녀석, 실력은 형편없어도 잠재력만큼은 봐줄 만했지?'

준비 시간이 오래 걸리는 기술이라는 건 그만큼 제대로 사용하기 어렵다는 의미이기도 했다.

'파도치는 서리'를 제대로 사용하기 위해선 타고난 마나 제어력이 있어야만 했다.

그게 없다면 아무리 오의를 깨우쳤다 한들 제대로 사용하기 어려웠다.

그러나 테오는 그 기술을 거의 완벽하게 재현해 냈다.

만약 루크가 기술의 허점을 파악하고 있지 않았더라면, 자칫 당했을 수도 있었을 정도로.

'그나마 싹수가 보여서 다행이야.'

가뜩이나 인성은 파탄 났고 현재 실력은 형편없는데 가능성까지 보이지 않았다면?

아깝긴 해도 작전을 수정했을지도 모른다.

자신이 수면 아래에서 활동할 수 있도록 첫째를 전면에 내세우는 것.

좋은 생각이긴 했지만, 가망도 없는 녀석에게 아까운 시간을 들일 정도로 필수적인 것도 아니었으니까.

다행히도 저 녀석의 재능만큼은 과거 그가 직접 키웠던 기사들이 생각날 정도였다.

게다가 지금의 루크는 과거보다 더 많은 걸 깨달은 상태.

잘만 키운다면 그가 키웠던 어떤 제자들보다도 뛰어난 제자가 될지도 몰랐다.

'준비를 서둘러야겠군.'

루크는 과거 제자를 키우던 때를 떠올리며 백은관으로 갔다.

200여 년 전, 제자들이 이곳에서 질러 대던 비명이 여기까지 들려오는 것 같았다.

※

그날 저녁.

테오는 백은관으로 나왔다.

솔직히 말하면 처음엔 루크의 말을 무시하려 했었다.

고작 동생이 시킨다고 해서 그걸 따를 필요는 없었으니까.

그러나 침대에 눕자마자 왠지 모를 불안감이 스멀스멀 기어 올라왔다.

마지막에 보여 줬던 루크의 차가운 목소리가 머릿속에서 가시질 않았다.

결국 그는 이렇게 불편하게 있을 바엔 차라리 아지트로 나가기로 했다.

'약속을 했으니 나가는 거다. 겁을 먹어서가 아니라.'

그렇게 되뇌어 가며 뒤뜰로 나왔는데, 정작 부른 사람은 나와 있지도 않았다.

그곳에 있는 거라고는 쓰임새가 가늠조차 가지 않는 기구들뿐이었다.

테오의 눈이 이리저리 바쁘게 움직였다.

이곳에 아무도 없다는 것을 확인하고선 바닥에 침을 툭 뱉었다.

"감히 형님을 기다리게 해? 내가 이렇게 친히 나와 줬는데?"

"미안, 미안. 서둘러 준비한다고 했는데 할 게 많았네."

"깜짝이야."

뒤에서 들려온 목소리에 테오가 화들짝 놀라며 돌아봤다.

어느새 루크는 테오의 바로 뒤까지 와 있었다.

만약 상대가 자신을 해칠 생각이 있었다면?

자신은 이 자리에서 바로 죽었으리라.

부르르.

테오는 자기도 모르게 몸을 떨었다.

그러나 루크의 손에 들려 있는 건 검이 아니라 웬 쇳덩이 들이었다.

'검이 아니라 저걸로 머리를 후려칠 작정이었나?'

문득 그런 생각이 머리를 스쳐 지나갔다.

"그런 거 아니니까 걱정하지 마."

"뭐, 뭐?"

테오는 진심으로 당황했다.

저놈은 하다 하다 자신의 머릿속까지 읽을 수 있단 말인가.

물론 그건 테오만의 착각이었다.

루크가 아무리 뛰어나다고는 해도 독심술 같은 걸 배웠을 리 없었다.

그저 그 생각이 표정에 그대로 드러났기에 한 말일 뿐.

테오는 본인이 동생에게 겁을 먹었다는 사실에 더 자존심이 상했다.

'겉으로 보기엔 예전이랑 다를 게 없는데.'

그는 루크의 모습을 찬찬히 훑어보았다.

아무리 봐도 자신의 눈만 마주쳐도 움찔거리던 동생이 맞았다.

좋게 봐주자면 그 후로 운동을 조금 더 한 정도.

절대 노던에서 보여 줬던 실력을 가진 것 같지 않았다.

'그냥 뒤에서 확 조져?'

그런 생각이 들었다가 금세 사라져 버렸다.

동생에게선 조금의 빈틈조차 보이지 않았으니까.

그리고 묘한 카리스마 때문에 저도 모르게 위축되는 느낌도 들었다.

워낙 생경한 느낌이라 그도 혼란스러웠다.

확실한 건 순순히 여기에 나오길 잘했다는 것 정도.

쿵.

끼리릭.

테오가 루크를 요모조모 분석하고 있는 동안, 루크는 가지고 온 쇳덩이를 쇠막대에 조립했다.

잠시 후, 조립을 마친 루크가 손을 툴툴 털며 일어났다.

"여기까지 왔다는 건 형도 나랑 같이 훈련하고 싶어서라고 생각해도 되지?"

테오는 속으로 고개를 저었다.

그러나 그걸 겉으로 드러내지는 않았다.

드러내지 않은 건지 드러낼 수 없었던 건지는 모르겠지만 말이다.

"자고로 무가의 직계 혈족이라면 그에 걸맞은 자질은 갖춰야지."

그러는 동안 루크는 근엄한 목소리로 말을 이었다.

'그러는 넌 검을 놓은 지 한참이잖아.'

테오는 문득 그런 생각이 들었다.

하지만 지금은 고작 그런 것 따위로 딴지를 걸 엄두가 안 났다.

"본격적으로 훈련하기 전에 가장 시급한 것부터 해결하자."

"시급한 게 뭔데?"

"체력이지."

루크는 한껏 비웃음을 머금은 채로 말했다.

"형은 무가의 자질을 배우기에 너무 약하더라고."

테오의 얼굴이 마구 구겨졌다.

살면서 안하무인, 망나니, 개차반, 쌍놈 등 별의별 욕은 다 들어 봤지만, 약하다는 말은 처음 들어 봤기 때문이었다.

그가 누구인가.

슈넬덴 최고의 재능이자 유일한 희망이라고 불렸던 사람이 아닌가.

그런 그에게 대놓고 약하다고 비웃는 사람은 지금껏 처음이었다.

그는 자존심에 깊은 스크래치가 생겼다.

하지만 10분 내내 그의 털끝조차 건드리지 못했으니 반박의 여지가 없었다.

그저 꿍한 표정으로 루크를 지켜보는 게 그가 할 수 있는 최선이었다.

"못마땅하면 나랑 이거 같이 해 볼래? 혹시 알아, 그거 보고 내 평가가 바뀔지.”

“이게 뭔데?”

“내가 평소 운동할 때 쓰는 것들인데, 형이랑 훈련하려고 여기로 가지고 왔어.”

“그래서 이걸 들면 된다고?”

“나랑 번갈아 가면서 들면 돼.”

보아하니 저 막대에 쇳덩이를 끼우고 들어 올리면 되는 것 같았다.

별로 어려운 것도 없어 보였다.

“나보고 약하다 그랬냐?”

“많이.”

그 말이 테오의 자존심을 긁었다.

동시에 그는 이게 기회라고 생각했다.

이번 참에 힘으로 저 녀석의 콧대를 뭉개 버리고, 저놈을 다시 예전처럼 만들어 버릴 기회.

‘주점에서는 무슨 술수를 부렸는지 몰라도, 순수한 힘 대결에서 내가 너한테 질 리가 없지.’

테오는 자신감이 넘쳤다.

“무조건 내가 너보다 많이 할 테니까 똑똑히 봐 둬라.”

“오, 기대해 볼게.”

“좋아, 몇 개나 할까? 30개? 40개?”

“몸풀기로 일단 100개만 할까?”

"100개……?"

"왜, 쫄려?"

"그럴 리가. 내가 이까짓 거 100개를 못할까 봐?"

"그럼 형이 먼저 해 봐."

루크의 자신감에 당황하긴 했지만, 그럼에도 테오는 여전히 자신이 있었다.

그러나 그는 모르고 있었다.

소월관에서 이곳까지는 500m가 넘는다는 걸.

그리고 루크는 이 모든 기구들을 혼자서 옮겼다는 것을.

❦

"끄으으응!"

테오는 양쪽에 쇳덩이를 끼운 쇠막대를 들어 올렸다.

이미 그의 얼굴은 피가 잔뜩 쏠려 온통 붉어져 있었다.

쿠당탕!

"100개."

테오는 100개를 외치며 쇠막대를 집어던졌다.

처음에는 어느 정도 들 만했는데 60개를 넘어가는 순간부터 가슴팍이 찢어질 것 같았다.

분명 이건 지레 겁을 먹게 하려고 개수를 막 부른 것이리라.

하지만 자신은 기어코 100개를 모두 들어 올렸다.

그래야 저 건방진 동생에게 한껏 비웃음을 선사할 수 있을 테니까.

"됐냐?"

"응, 뭐…… 다 했으면 이제 내가 해야 하니까 좀 비켜 줘."

정작 루크는 별 감흥 없이 돌로 된 벤치에 누웠다.

그러고는 아무렇지 않게 쇠막대를 들어 올리기 시작했다.

'뭐지?'

테오는 쑥쑥 올라가는 쇠막대를 보자 정신이 아득해졌다.

"……99, 100."

툭.

순식간에 횟수를 다 채운 루크가 쇠막대를 내려놓았다.

자신과 달리 막대를 내려놓는 것까지 너무나도 부드러웠다.

마치 몸풀기라도 한 것 같은 모습.

'내 본 운동이 저 녀석의 워밍업이었다고?'

도저히 인정할 수가 없었다.

힘이라는 건 근육에 주입할 수 있는 마나의 양과 그 효율성에 의해 결정된다.

다시 말해 마나량 자체가 많거나 세밀하게 조절할수록 힘은 더욱 강해진다는 의미다.

그리고 자신은 걸음마를 떼면서부터 지금까지 마나를 수련한 몸.

양과 제어 능력 어느 쪽에서도 중도 포기한 동생에게 밀릴

리가 없었다.

'분명 저놈도 힘든데 티를 안 내는 걸 거야.'

그렇게밖에 생각할 수 없었다.

하지만 루크는 그의 의심을 산산조각 내 주었다.

"그럼 이제 본 세트 할까?"

루크는 너무나도 태연하게 말했다.

"너 지금 수작 부리는 거지?"

"수작이라니?"

"내가 못 하면 너도 안 해도 되니까 횟수 막 지껄이는 거 아니야?"

"그럴 리가 있어? 그냥 이게 내 몸풀기일 뿐이야. 형이 약해서 못 따라오는 거지."

"까고 있네. 이 정도면 많이 맞춰 줬으니까 난 이제 간다."

테오는 씩씩거리며 제 집이 있는 방향으로 걸어갔다.

샥—!

그런 테오의 앞을 루크가 막아섰다.

눈 깜짝할 사이에 열 발자국의 거리가 좁혀진 것이다.

"내가 아까도 말했지? 약한 놈은 강한 놈이 하는 말을 닥치고 들어야 한다고."

"누가 약한 놈이라는 거야?"

"그럼 보여 줘 봐. 여기서 한 번 더 붙으면 되겠네. 몸도 막 풀었으니까 따로 워밍업도 필요 없고."

꿀꺽.

테오는 저도 모르게 침을 삼켰다.

문득 저 쇠막대를 몸풀기 삼아 들어 올리던 루크의 모습이 떠올랐다.

과연 자신이 저 녀석을 상대로 이길 수 있을까.

확신이 서지 않았다.

애당초 주점에선 저 녀석에게 농락을 당하기까지 했으니 더욱 그랬다.

하지만 이렇게 동생에게 끌려 다닐 수도 없는 노릇.

"제대로 한판 붙어 봐."

결국 테오는 자존심 때문에 객기를 부렸다.

그러나 그는 조금 전 운동으로 자신의 몸 상태가 정상이 아니라는 걸 모르고 있었다.

"딱 원하던 반응이야."

루크의 입가에 사악한 미소가 걸리는가 싶더니, 테오를 향해 달려들었다.

"어, 어? 이렇게 갑자기?"

"선빵은 양보 안 한다."

퍼억!

그리고 한동안 백은관에선 묵직한 타격음과 한 남성의 비명이 들려왔다.

Chapter 3

라히츠 밀리.

그는 슈넬덴가의 가신 기사이자 혈족의 검술 교관이었다.

가문의 장남인 테오 슈넬덴에게 검을 가르치는 것이 그의 임무.

그러나 매일같이 사고만 치고 다니는 도련님의 뒤치다꺼리를 하고 있노라면, 자신이 검술 교관이 아니라 집사나 보모가 아닐까 하는 생각이 들었다.

'그래도 나이를 먹으면 좀 정신을 차릴 줄 알았는데.'

어릴 때는 가문에서 가지는 기대감이 워낙 크다 보니 부담을 느끼고 잠깐 엇나갈 수도 있겠다고 생각했었다.

그러나 시간이 지나도 나아지는 건 없었다.

갑자기 다른 가문으로 유학을 보내 달라고 하질 않나, 그 말이 먹히지 않으니 이젠 아예 망나니가 되어 버렸다.

매일 같이 도시로 내려가 술과 여자를 끼고 놀더니, 어느새 싸움박질까지 하기 시작했다.

차라리 본가 밖으로 나가지 못하던 때는 가문 내에서 조용히 처리라도 했지.

지금은 도시를 오가며 소동을 일으키다 보니 껄끄러운 상대와도 마찰을 일으켰다.

그렇지 않아도 테오의 일로 바쁜 라히츠에게 또 다른 골칫거리가 생겼다.

'가주님은 어찌 내게 둘째 도련님까지 맡기시는 건가?'

사실 두 도련님을 동시에 가르치는 게 처음은 아니었다.

둘째 도련님이 막 검을 잡을 나이가 되었을 때부터, 그는 테오와 루크를 함께 가르쳤다.

별다른 의도가 있는 건 아니었다.

당시 테오가 워낙 가문의 기대를 받고 있던 터라, 루크도 옆에서 좋은 영향을 받으라는 의미에서 수련을 받게 한 것뿐.

그러나 그때쯤부터였다, 테오가 비뚤어지기 시작한 게.

−내가 반드시 대륙제일검이 되어서 우리 가문을 되살릴 거야!

이렇게 다짐하던 똘똘한 도련님은 결국 자신에게 주어진 부담감을 이겨 내지 못했다.

그리고 그 화가 향한 곳이 바로 루크였다.

소심한 둘째 도련님은 테오의 화풀이 상대가 되었고, 루크는 그렇게 겁을 놓게 되었다.

그런데 그 둘을 다시 붙인다니.

'가주님께 무슨 뜻이 있는 걸까?'

아무리 고민해 봐도 그 해답을 찾을 순 없었다.

그가 할 수 있는 거라곤 과거와 같은 일이 또다시 일어나지 않길 바라는 것뿐이었다.

'혹시 모르니까 도련님께도 미리 주의를 줘야겠군.'

주의를 준다고 해서 말을 들을지는 모르겠지만, 말하지 않는 것보다는 나을 것이다.

그는 서둘러 청상관으로 발걸음을 옮겼다.

"오셨습니까? 라히츠 님."

청상관의 하녀가 그를 맞아 주었다.

"도련님은 안에 계시는가?"

"아뇨."

라히츠는 불안함에 이마를 짚었다.

테오가 여기 없다는 건 또 다른 곳에서 사고를 칠 거라는 말과 같았기 때문이다.

"그새를 못 참고 또 나가시다니."

"좀 전에 도련님께선 둘째 도련님을 뵈러 간다고 하셨습니다."

"뭐라?"

가장 우려했던 상황이 벌어지고 말았다.

테오가 루크를 만나러 갔다는 게 무엇을 의미하겠는가.

필히 무슨 사고가 벌어질 것이다.

"도련님께선 어디로 간다고 하셨지?"

"백은관이라고 하셨습니다."

"허어."

하필이면 인적도 드문 곳이다.

말릴 사람도, 혼을 낼 사람도 없는 곳이니 테오가 멋대로 행동하기 딱 좋았다.

"내가 직접 가 봐야겠네."

라히츠는 문을 채 닫지도 않고 백은관으로 달려갔다.

그는 달려가면서도 제발 큰 사고만 일어나질 않길 바랐다.

"끄어어어."

어느 순간부터 한 남성의 고통스러운 신음이 들려오기 시작했다.

그 소리는 백은관에 가까워질수록 더욱 커졌다.

테오가 둘째 도련님을 괴롭히고 있는 게 분명했다.

"도련님, 대체 언제까지……!"

라히츠가 수풀을 헤치고 나가며 테오를 불렀다.

그러나 그는 뒷말을 잇지 못하고 굳어 버렸다.

그곳에선 그가 절대로 생각지도 못했던 광경이 펼쳐졌기 때문이다.

"저게 대체······?"

테오는 커다란 쇠막대를 목 뒤에 올린 채로 안간힘을 다해 일어서고 있었다.

"멈추면 더 힘들다니까. 스쿼트!"

"끄어어어······."

"3초 안에 수행 못하면 세트 취소야."

"끄어어어어어······!"

그날 라히츠가 본 것은 한 편의 지옥도였다.

※

기사라는 건 세간에 알려진 것처럼 명예롭고 고결하기만 한 직업이 아니다.

그들도 결국 가문이나 국가에 속한 무력 집단.

주군을 위해 때때로 더러운 피를 묻히기도 해야 했다.

흔히 기사답지 않다거나, 명예롭지 못하다고 하는 암살이나 고문 같은 것이라도 말이다.

라히츠 역시 소위 '더러운 피'를 꽤 많이 묻혀 본 자였다.

그가 이곳의 가신 기사가 되었을 땐 가세를 일으키기 위해 수단과 방법을 가리지 않을 때였으니까.

그런 그가 봤을 때도 지금의 광경은 고문에 가까웠다.

"아직 10개 남았어. 스쿼트!"

"끄어어어억!"

그것은 지금껏 고문을 하며 숱하게 들어 왔던 피해자들의 비명과 그리 다르지 않았다.

문제는 그 비명의 장본인이 테오라는 것이다.

돌아서 있는 탓에 얼굴이 잘 보이진 않았지만, 저 목소리는 분명 테오가 맞았다.

'근데 이게 지금 말이 되나?'

라히츠는 그 사실을 단번에 받아들일 수가 없었다.

테오가 어떤 녀석인지는 그가 가장 잘 알고 있었다.

악마의 재능, 부모조차 포기해 버린 망나니, 재능만 아니었으면 진즉에 파문당했을 문제아.

이것이 테오를 설명하는 수식어였다.

그런 그가 고문에 가까운 얼차려를 당하고 있다는 것이 믿길 리 없었다.

그러나 몇 번이고 눈을 비벼 봐도 눈앞에 펼쳐진 광경은 현실이었다.

'도대체 저자가 누구길래?'

라히츠는 도련님의 옆에서 연신 '스쿼트!'를 외치고 있는 사내를 보았다.

복장은 특별할 게 없었다.

수수하긴 해도 깔끔한 테일 코트.

슈넬덴 특유의 검은색 머리.

그 모습은 딱 슈넬덴의 혈족 같았다.

'뭐 혈족?'

다시 보니 저자는 둘째 도련님인 루크였다.

눈매나 인상이 조금 달라진 것 같기는 했지만, 분명 둘째 도련님 루크 슈넬덴이 맞았다.

그런데 세상에 어떤 동생이 제 형에게, 그것도 테오 슈넬덴에게 저렇게 막 대할 수 있단 말인가.

그는 본능적으로 나서려다 잠깐 멈칫했다.

'일단은 조금 더 지켜봐야 하나?'

루크가 저렇게 악독한 목소리로 얼차려를 시키는 것도.

테오가 저렇게 죽을상이 되는 것도.

모두 너무나 흥미로운 광경이었다.

"어, 어? 스쿼트할 때는 허리로 들면 허리 아작 난다니까. 형의 올바른 운동 습관을 위해서 이건 횟수에서 뺄게."

"끄…… 끄어어억."

"버텨. 버텨. 어디 한번 그 막대 내려놓기만 해 봐."

"끄어어억!"

라히츠는 안간힘을 쓰며 앉았다 일어서는 테오를 보았다.

분명 자신도 기사가 되기 위해 다양한 훈련을 받았다.

그런 그에게도 테오가 받고 있는 건 생소한 훈련법이었다.

그러나 그것보다도 놀라운 건 테오가 저 강도 높은 훈련을 따르고 있다는 것이었다.

아무리 훈련법이 좋다고 해도 누구에게나 적용할 수는 없다.

그랬다면 진즉에 슈넬덴의 스승들이 테오의 잠재력을 일깨우는 데 성공했겠지.

그를 포함해 수많은 교관들이 테오를 훈련장에 데리고 오는 것에서부터 실패했다.

그런데 루크는 달랐다.

테오가 훈련을 하게 하는 것도 모자라, 그를 한계까지 몰아넣고 있지 않은가.

그 모습이 마치 숙련된 교관처럼 느껴졌다.

'둘째 도련님이 달라지셨다고 하더니 정말인가?'

직접 눈으로 보고 있어도 믿기지 않았다.

대체 사람이 얼마나 어떻게 달라져야 테오를 저 지경으로 만들 수 있을까.

하지만 그는 테오의 저 모습이 오래 갈 거라고 생각하진 않았다.

테오를 조금이라도 아는 자라면 아마 똑같은 생각을 했을 것이다.

종종 테오가 악에 받쳐 저렇게 훈련을 열심히 했던 적이 있었으니까.

그런데 그 결과는?

지금 그의 모습을 보면 알 수 있듯 결국 조금도 변하지 않았다.

오히려 교관들이 학을 떼며 테오를 포기하면 포기했지.

이번에도 마찬가지일 터.

아마 짧으면 하루, 길어 봐야 일주일 안에 훈련을 때려치울 것이다.

그저 오랜만에 테오의 저런 모습을 본 것만으로도 만족스러웠다.

하지만 이걸 계기로 테오가 극적으로 변할 거라곤 생각되지 않았다.

'그런데 루크 도련님은 어떻게 테오 도련님을 잠깐이라도 휘어잡으신 거지?'

라히츠가 그런 생각을 하는 사이, 테오의 훈련이 끝났다.

쿵!

테오는 감격스러운 얼굴로 쇳덩이를 내려놓았다.

휘청거리는 꼴이 다리가 풀려 제대로 걷지도 못하는 것 같았다.

라히츠가 얼른 다가가 그를 부축했다.

"도련님, 괜찮으십니까?"

"라히츠!"

그를 본 테오의 눈에 반가움이 차올랐다.

단언컨대 그는 테오가 자신을 저렇게 반기는 것을 본 적이 없었다.

꺼져, 닥쳐, 치워.

매번 이런 소리만 듣다가 갑자기 저런 반응을 보니 기분이 이상했다.

그만큼 훈련이 고됐다는 의미이리라.

"라히츠 경이군. 앞으로 내게 검술을 가르쳐 줄 거라지?"

바로 뒤에서 루크가 다가왔다.

"충, 슈넬덴의 가신 기사 라히츠 밀리입니다."

라히츠는 얼른 경례를 올리고는 상황을 물었다.

"이게 다 무슨 일입니까? 첫째 도련님은 어쩌다 이 꼴이 되신 거고."

"별것 아니야. 형제끼리 운동 좀 한 것뿐이지."

"첫째 도련님이 운동이라니, 그럴 리가 있습니까?"

"그게 그렇게 놀라운 일인가? 난 그저 형이 운동을 하자고 해서 따라왔을 뿐인데."

테오가 자발적으로 운동을 원했다니.

가당치도 않은 소리였다.

그건 루크도 모르지 않을 터.

그런데도 루크는 그 가당치도 않은 소리를 태연자약하게 했다.

그 의도는 명확했다.

　-내가 하는 일에 간섭하지 마.

루크는 지금 자신에게 그렇게 말하고 있는 것이다.

어느 모로 봐도 과거 자신이 알던 루크의 모습이 아니었다.

답답하리만큼 순하고 유약하던 도련님은 온데간데없었다.

지금 그에게서 보이는 모습은 어느 명문가의 당당한 소가주일 뿐.

그 변화에 흥미가 생긴 라히츠는 감히 도련님을 조금 더 몰아세워 보기로 했다.

"두 분께서 운동을 하는 건 좋습니다. 하지만 이렇게 무리를 하시면 정작 검술 훈련 때 제대로 받을 수가 없겠지요."

"글쎄, 지금까지는 어땠는지 몰라도 이번에는 다를걸."

루크의 시선이 슬쩍 테오를 향했다.

테오가 화들짝 놀라는 꼴을 라히츠도 보았다.

답도 없던 망나니 도련님을 어떻게 저렇게 순한 양으로 만들었는지 궁금해졌다.

슈넬덴의 모두가 고민했지만 결국엔 찾지 못했던 방법.

그것이 루크에겐 있었다.

'대체 무슨 방법을 쓴 걸까?'

그는 루크가 무력으로 테오를 제압했을 거라고는 추호도

생각하지 않았다.

아무리 테오의 성장이 멈춰 버렸다고 하지만, 루크는 어릴 때 이후로 검을 놓은 몸.

그런 루크가 힘으로 테오를 협박했을 리는 없었다.

'좀 더 지켜보면서 방법을 찾아봐야겠어.'

그래도 둘의 지금 모습을 보니 한편으로는 안심이 되기도 했다.

둘을 붙여둔 게 생각했던 것만큼 큰 문제는 아닌 것처럼 보였으니까.

"도련님께서 그렇게까지 말씀하시니 알겠습니다. 하지만 검술 훈련 때 문제가 생긴다면 그땐 제가 제재를 해도 되겠습니까?"

"물론이지."

루크는 빙긋 웃고는 다시 테오를 보았다.

"그럼 우린 마저 운동할까?"

"마저……? 아직도 남았어?"

"싫으면 다른 방법도 있는데. 예를 들면…… 그래, 대련이라든가."

"아니다. 그냥 운동하자. 난 운동이 좋은 것 같아."

테오는 기겁을 하더니 루크를 따라갔다.

'아무리 봐도 익숙지 않은 광경이야.'

라히츠는 그런 그들의 모습을 흥미로운 눈으로 보고 있

었다.

※

슈넬덴가의 장남, 테오 슈넬덴이 머무는 거처인 청상관.

부웅-!

부웅-!

그곳에서는 제법 묵직한 파공음이 울려 퍼졌다.

청상관 앞 공터에서 루크와 테오가 목검을 휘두르고 있었
다.

특히 눈에 띄는 건 루크였다.

매우 기초적인 초식을 지시하긴 했지만, 그렇기에 루크는
더욱 돋보였다.

'군더더기라고는 찾아볼 수가 없군. 이걸 대체 어떻게 설
명해야 할지.'

라히츠는 내심 감탄하면서 루크의 검술을 보고 있었다.

아니, 감상이라고 하는 편이 더 맞는 것 같았다.

루크의 검초를 보고 있노라면 괜히 자신의 모습을 반성하
는 느낌마저 들었으니까.

그러나 그가 모르는 게 있었다.

지금 루크는 최대한 힘을 빼고 못 하려고 연기 중이라는
것을.

'아니, 이것보다 얼마나 더 못해야 하는 거야? 하여간 집 안 꼴 하고는……'

루크는 속으로 투덜거렸다.

그는 아직도 검술 훈련 첫날 라히츠의 표정을 잊지 않았다.

현실성을 위해 절반 정도 힘을 빼고 휘두른 검에도, 라히츠는 입이 떡 벌어졌다.

조금만 힘을 더 줬다간 세기의 천재가 나타났다며 호들갑을 떨었으려나.

아무튼 그런 이유로 루크는 지금 힘의 1할만을 사용하여 훈련을 받고 있었다.

겨우 이 정도로는 몸풀기조차 되지 않았기에, 루크로서는 불만이었다.

'조금만 참자. 실력이 빨리 발전했다고 핑계대면, 그때는 몸풀기 정도는 되겠지.'

루크가 속으로 투덜거리는 사이, 오늘 훈련이 끝났다.

툭.

"으어어어어."

끝이라는 말에 웬 괴성이 흘러나왔다.

'구울인가?'

라히츠는 진심으로 그렇게 생각했다.

팔을 다 펴지도 못한 채로 어기적거리는 사람 형체를 본다면 누구라도 그렇게 생각할 것이다.

아니, 차라리 구울 쪽이 좀 더 사람에 가깝다고 해도 될 지경이었다.

무엇보다 그런 몰골의 장본인이 테오 슈넬덴이라는 것이 가장 충격적이었다.

"도련님, 수고 많으셨습니다. 들어가서 식사하시죠."

"아니, 오늘은 입맛이 없어."

"수고하셨습니다."

"맞아. 내가 누구 때문에 진짜 뭐 빠지게 수고하지."

테오는 말을 흘리고는 그의 옆을 지나쳐 갔다.

'어째 상태가 점점 심각해지시네.'

테오가 루크와 함께 운동을 한 것도 어느덧 보름이 지났다.

처음에는 당연히 저 망나니 도련님이 하기 싫다며 그 쇠막대를 집어던질 줄 알았다.

그러나 그것은 자신의 착각이었다.

오히려 테오는 매일같이 더 엉망이 되어 돌아오면서도 운동을 계속해 나갔다.

대체 무슨 방법을 사용한 것일까.

보름이 지나도록 아직 그 방법을 알아내지 못했다.

'겉으로 보기엔 그냥 같이 운동하는 것 같던데.'

고작 그게 다였다면 테오도 진즉에 정신을 차렸을 것이다.

라히츠가 생각에 잠긴 사이, 루크가 테오를 불러 세웠다.

"형, 밥 거르면 안 된다니까. 운동 끝나고 먹는 것까지가 운동이라고."

"끄응, 진짜 나 오늘 아무것도 못 먹어. 아까 다 게워 낼 뻔했잖……."

테오는 루크의 시선을 느끼고는 하던 말을 멈췄다.

"그래…… 먹는다, 먹어."

"좋은 마음가짐이네."

"진짜 나이프 들 힘도 없는데……."

"오늘 저녁에도 운동하려면 지금 잘 먹어 둬야지."

"저녁에도?"

테오의 반문에 오히려 루크가 눈을 동그랗게 떴다.

"당연히 저녁에도 운동해야지."

"그건 좀……."

"그럼 오늘은 운동 뺄까?"

"그럴까? 하긴 우리 요즘 너무 무리했잖아."

"그래, 그럼 운동 대신에 대련하자."

"대련이라니?"

"운동하기 싫을 땐 역시 대련이지."

"……아니, 그냥 운동하자."

"그래? 형도 참 변덕이 많네. 그럼 난 먼저 가 볼 테니까 좀 이따 백은관에서 봐."

루크는 부드러운 미소를 짓고는 청상관을 나갔다.

"저 악마 새끼……!"

진짜 악마라고 생각했던 이의 입에서 저런 말이 튀어나오다니.

라히츠는 이 광경이 신기하긴 했지만, 그래도 테오의 상태가 걱정되는 것도 사실이었다.

테오가 마냥 엄살을 부리는 건 아니었다.

자기가 보기에도 도련님들이 하는 운동의 강도는 지나치게 높았다.

처음에는 며칠 안에 그만두겠거니 해서 놔뒀으나, 이제는 슬슬 저러다 몸이 상하진 않을까 경계심이 들 정도였다.

그래도 둘 다 슈넬덴의 직계 혈족인데, 괜히 무리하다가 다치기라도 한다면 그게 더 큰 일이니까.

"도련님, 혹시 둘째 도련님과의 운동이 너무 힘드십니까?"

"뭐?"

"아무래도 도련님의 상태를 보니 걱정이 됩니다. 혹시 그렇다면 제가 둘째 도련님께 말해 드리겠습니다."

"아냐, 그럴 필요 없어."

"예?"

전혀 예상치 못한 답변에 라히츠는 놀랐다.

"나도 나름 운동 효과를 경험하는 중이거든."

"나름의 효과라 함은……?"

그의 말이 끝나기도 전에 테오는 자신의 근육에 마나를 불어넣었다.

그 과정이 워낙 자연스러운 탓에 하마터면 라히츠도 마나의 흐름을 놓칠 뻔했다.

"놀랐지?"

테오는 뿌듯해하며 물었다.

"저 녀석 말로는 근육에 마나를 한계까지 불어넣음으로써 회로가 활성화되는 거래."

수련을 하면 마나 회로가 활성화된다는 건 다들 알고 있는 사실이었다.

라히츠가 놀란 이유는 고작 보름 만에 회로가 이 정도로 활성화되는 수련법은 없었기 때문이었다.

"아무리 그렇다 해도 보름 전과는 너무나 극명하지 않습니까?"

"그러니까 저 녀석이 시키는 그 미친 짓이 효과만큼은 확실한 거지. 또 내가 가진 재능도 그만큼 뛰어나다는 거고."

"도련님의 재능이야 의심할 여지가 없죠. 하지만……."

"더 놀라운 게 뭔지 알아? 내가 이만큼 성장했는데, 아직도 저 자식의 워밍업만큼도 못해."

"그럴 리가요. 루크 도련님은 그때 이후로 마나를 쌓은 적이 없잖습니까."

"모르지. 저 자식이 우리 몰래 훈련을 하고 있었을 수도."

테오의 눈에서는 불꽃이 타오르는 것 같았다.

"어쨌든 꼭 저놈보다 더 많이 들어 올리고 만다. 어디 동생 주제에 감히 형을 이겨 먹으려고……."

그 모습을 보자 루크가 도련님을 다루는 방법을 알 것 같았다.

'도련님의 승부욕을 건드린 거였나?'

하긴 생각해 보면 슈넬덴가에선 그에게 고압적으로 대하는 스승은 있었어도 승부욕을 자극할 수 있는 이는 없었다.

게다가 루크는 동생이기까지 하니 그 효과는 더욱 배가될 것이다.

'아직 걱정이 완전히 가신 건 아니지만, 그래도 얼마 만에 도련님의 저런 표정을 보는 거지?'

술과 여자로 찌든 눈이 아닌, 강해지고 싶은 의지로 충만한 눈.

자신이 가문을 살리겠다며 수련하던 어린 시절의 테오가 떠올랐다.

'어쨌든 가주님께 말씀은 드려야겠어.'

라히츠는 곧장 청상관을 나섰다.

🕷

규모만 보자면 웅장했지만, 그 안을 채우고 있는 허름한 가구들 때문에 오히려 궁상이 느껴지는 방.

그곳은 슈넬덴가의 가주가 업무를 보는 집무실이었다.

그 가운데엔 이 방의 분위기만큼이나 암울한 표정을 한 율리안이 보였다.

"상로의 치안 확보를 위한 공세에 상황이 별로 좋지 않다고 합니다."

여기저기서 들려오는 암울한 소식들 때문이었다.

그가 가주가 된 이후로 이곳엔 좋은 소식보다 안 좋은 소식이 날아드는 경우가 훨씬 많긴 했다.

그러나 최근 들어선 그 조금의 좋은 소식조차도 들려오질 않았다.

오히려 나쁜 소식만이 늘어나고 있을 뿐.

"여유가 되는 가신 기사들을 모두 지원했는데도 확보에 실패했단 말인가?"

"그게…… 도적들의 규모가 비정상적으로 커졌고, 또 조직적이기까지 해서 애를 먹고 있습니다."

"대체 그런 조직이 어디서 나왔고, 그만한 힘을 가지고서 어찌 고작 우리의 상로를 노린단 말인가."

한숨이 절로 나왔다.

눈치를 살피던 디온이 바로 다음 두루마리를 펼쳤다.

"샤룬가에서 빌린 차입금에 대한 이자 납부일이……."

"그런 거 말고 뭐 좋은 소식은 없는가?"

"죄송합니다."

"자네가 죄송할 게 뭐 있는가? 다 내 부덕이거늘."

그때였다.

누군가 집무실의 문을 두드린 건.

"가주님, 라히츠 밀리입니다."

"들어오게."

라히츠라는 말에 율리안의 표정엔 호기심이 피어올랐다.

"라히츠, 자네가 어쩐 일인가?"

"충! 설풍의……."

"예는 되었으니 말하게. 테오와 루크에 관한 일인가?"

"그렇습니다."

"첫 보고 이후로는 처음이군. 그래, 말해 주게."

라히츠는 곧장 두 도련님의 근황을 전했다.

매일 저녁 초주검이 될 정도로 수련을 하고 있으며, 그 덕분(?)에 테오는 그렇게 좋아하는 술과 여자와도 자연스럽게 멀어졌다는 소식이었다.

율리안의 입가엔 오늘 중 가장 밝은 미소가 걸렸다.

"대체 어떻게 그렇게 된 건가?"

라히츠는 루크가 테오를 어떻게 수련장에 계속 나오게 하는지도 설명해 주었다.

"허허, 그런 방법이었군. 과연 루크 녀석만이 사용할 수 있는 방법이야."

"하지만 조금 걱정이 되기도 합니다."

"무엇이 걱정인가?"

라히츠는 잠깐 뜸을 들였다.

율리안의 저 밝은 웃음을 보니 괜한 걱정거리를 심어 주는 게 아닌가 싶었다.

그래도 가신 기사로서 충언을 아낄 순 없었다.

"훈련 강도가 너무 강해서 도련님들의 몸이 상할까 걱정입니다. 무인에게 욕심은 오히려 독일 수도 있기에 이쯤에서 말려야 하지 않을까 싶습니다."

율리안은 지긋한 미소를 지었다.

"경의 걱정이 무엇인지는 알겠네. 하지만 지금 자네가 보기에 내 두 아들은 어떤가?"

"루크 도련님은 완전히 딴사람이 되었습니다. 그뿐만 아니라 검술에서도 탁월한 능력을 보였습니다."

"역시 그랬군. 루크라면 잘할 것 같았네. 그럼 테오는? 테오도 변했는가?"

라히츠는 잠깐 테오의 모습을 떠올려 보았다.

루크만큼의 천지개벽은 아니었지만, 테오도 많이 변했다.

그리고 그 변화의 속도는 점점 빨라지고 있었다.

"그렇습니다. 솔직히 말씀드리자면 지금껏 테오 도련님을 가르치며 이 정도의 변화를 본 것은 처음입니다."

율리안은 만족스러운 듯 고개를 끄덕였다.

그 고갯짓엔 라히츠에 대한 신뢰가 묻어났다.

"테오에 대해서라면 나보다 경이 더 잘 알고 있지 않은가. 경이 그렇게 봤다면 그것으로 충분해."

"알겠습니다."

"그럼 지금처럼 계속 두 아들을 지켜봐 주게."

"예."

보고를 마친 라히츠는 집무실을 나갔다.

그 후 디온까지 보고를 마치고 나가자, 집무실은 다시 적막해졌다.

그러나 율리안의 표정은 더 이상 어둡지 않았다.

'루크가 일으킨 변화가 기대 이상이구나.'

이번 결정은 사실 도박에 가까운 수였다.

평범한 상황이었다면 루크를 테오와 붙이지 않았을 것이다.

하지만 지금은 결코 평범하지 않은 상황이었고, 율리안은 직감만을 믿고 도박을 걸었다.

그런데 그 반응이 이렇게 빠르게 찾아올 줄은 몰랐다.

일단 테오가 자극을 받았다는 것만으로도 반은 성공한 것이었다.

남은 건 테오가 꾸준히 변화할 것인지, 그리고 두 아들의 변화가 슈넬덴의 기나긴 겨울을 끝내 줄 만큼 극적일 것인지였다.

'내가 할 역할은 그때까지 슈넬덴을 유지하는 거겠지.'

율리안은 확신이 들었다.

자신이 어떻게든 버티기만 하면, 이 겨울이 끝날 거라는 확신이.

가주의 길을 걸은 이후로 이토록 강한 확신이 든 적은 한 번도 없었다.

그러나 누군가 그 이유를 묻는다면 선뜻 대답할 수는 없었다.

'그날 루크의 눈빛은 도저히 말로 표현할 수 없었으니까.'

그의 머릿속에는 티타임 때 보았던 루크의 눈빛이 여전히 생생하게 그려졌다.

***

그로부터 두 달이 지났다.

"마지막으로 딱 두 번만 더 하자. 두 번만 더!"

"아니, 좀 전에도 두 번이라며? 그거 모으면 한 세트가 나오겠다."

"운동 중에 말하면 복압 떨어져. 그냥 닥치고 들어 올려."

"내가 널 반드시 조지고 만다."

"입 터는 거 보니까 아직 힘이 남았나 보네?"

"끄아아아아악!"

쿵!

결국 테오는 바벨을 두 번 더 들어 올린 후에야 주저앉았다.

"내가 한 번만 더 하라고 했잖아."

"내가 한 번 더 들었으면 또 한 번 더 들라고 했을 거 아니야?"

"그랬겠지."

"그게 어디서 배워 먹은 셈법이야?"

"내 맘이다."

"양아치 같은 놈."

"형님만 할까."

"뭐?"

"꼬우면 또 대련하든가."

며칠 전이 떠오른 테오는 몸을 부르르 떨었다.

그날따라 루크가 유독 몰아붙이는 탓에 에라 모르겠다는 생각으로 그에게 덤볐던 것이다.

솔직히 말하면 당시에는 자신감도 있었다.

두 달 전에 비해서 자신은 훨씬 강해졌으니까.

이제는 들어 올리는 무게도 꽤 비슷해지기까지 했으니, 잘하면 자신이 이길 수도 있지 않을까 생각했다.

그러나 결과는 일방적인 구타였다.

루크도 자신처럼 성장한 것일까.

아니면 사실 루크는 실력을 숨기고 있던 것일까.

이유야 어찌 됐든 그는 그날 루크에게 죽기 바로 직전까지 두들겨 맞았다.

항복이라고 소리치려던 입을 막아 버리고 계속 때리는 모습은 진짜 악마 같았다.

그날 라히츠가 기겁하며 말리지 않았더라면 정말로 죽었을지도 몰랐다.

"칫, 내가 파도치는 서리를 조금만 더 수련했더라면 이런 수모도 없었을 텐데."

테오가 툴툴거리며 일어났다.

하마터면 루크는 코웃음을 칠 뻔했다.

'그 애지중지하는 비전이라는 게 내가 연습 삼아 만들어 본 거다, 이놈아.'

이 말을 듣는다면 과연 테오는 어떤 표정을 지을까?

아마 지금보다 더 미친놈 보듯이 보게 될 테지.

어쨌든 그 비전이라는 건 루크에게도 매우 흥미로운 주제였다.

저쪽에서 먼저 멍석을 깔아 줬으니 좀 더 쉽게 물꼬를 틀 수 있을 것이다.

"그리고 보니까 형님은 비전을 하나밖에 안 배운 거야?"

"무슨 소리야? 풍월대검, 천설검, 백운보, 설화이검까지 다 배웠는데."

"아…… 그래?"

"너 표정이 왜 그래?"

"내가 뭘?"

"너 지금 내 비전을 무시하는 거지?"

"그런 셈이지."

"끙…….."

테오는 대답하지 못했다.

그도 자신이 배운 비전들이 슈넬덴의 예전 명성에 어울릴 수준이 아니라는 것쯤은 알고 있었다.

코넬리오까지 갈 것도 없이 다른 명문가들의 핵심 비전에 비해서도 약하기 그지없었으니까.

"하긴, 이게 무슨 형 잘못이겠어. 장남에게 비전의 껍데기만 전수한 가주들의 잘못이지."

"어, 어? 너 지금 내 아버지를 모욕했어?"

"내 아버지이기도 해."

"……."

테오의 눈은 금방이라도 튀어나올 것 같았다.

자신도 망나니라 불릴 만큼 꽤 거칠게 살았다고 자부했지만, 저쪽에 비하면 귀족이었다.

대놓고 패륜적인 말을 해 버리니 어떻게 반응해야 할지조차 알 수 없었다.

하지만 억울한 게 없는 건 아니었다.

"껍데기만 남은 비전이 어디 아버지 때문인 줄 알아?"

"그럼 그 멀쩡한 비전들이 다 어떻게 된 건데? 누가 보면 비전 주석서는 하나도 없는 줄 알겠어."

"그것도 몰라? 멍청한 우리 조상들이 주석서를 다 내다 팔 았잖아."

테오가 이를 뿌득 갈며 말했다.

요즘 들어 잘 사용하지 않던 그 불량한 말투가 나오는 걸 보니 쌓인 게 많았던 모양이다.

"마롱 토벌 이후에 차기 가주 자리를 놓고 그 새끼들끼리 치고받고 싸웠잖아."

"그랬지."

아직도 이해하지 못할 사건이다.

자기 자식들이 그 정도로 멍청하지 않을뿐더러, 당시 슈넬 덴은 거의 마롱 토벌로 대부분의 병력을 잃은 상태였다.

최소한의 병력만으로 내전을 하는 미친놈들이 세상천지에 어디 있단 말인가.

"그때 그놈들이 병력과 군자금을 모으려고 비전서며, 주 석서며, 다 갖다 팔았어. 자기 쪽에 합류하면 그것들을 주겠 다면서 말이야."

"……."

"그 조상들만 아니었다면 나도 금포크 물고 태어나는 건 데. 아, ×같네."

"아니, 그 미친놈들이 그걸 내다 팔아? 하다못해 주석서는 남겨 놔야 할 거 아니야."

비전이라는 건 창시자의 깨달음을 토대로 만들어지는 것이다.

당연히 그 내용이 모호하고 복잡할 수밖에 없다.

거기서 오의를 찾아내는 건 일류 기사들에게도 어려운 일.

게다가 시대가 지나며 사장된 표현들도 생겼기에 어려움이 더했다.

그래서 가문은 비전서의 주석서를 만들어 가며 이를 현대에 맞게 적용해 왔다.

만약 그게 없다면?

그 비전은 사실상 사장된 것이나 마찬가지다.

오의를 모르는 비전은 말 그대로 흉내일 뿐이니까.

아니, 흉내라는 말이 부끄러울 지경이었다.

그런데 그런 주석서를 내다 팔다니.

가문을 망치려고 작정을 하지 않고서야 어떻게 그런 생각을 한단 말인가.

"어차피 핵심 비전을 하나 팔아도 가문 전체를 먹으면 상관없다는 거였겠지. 주석은 다시 자기들이 달면 되는 거고."

"허."

마룡 토벌전에서 대부분의 기사를 잃었고, 그나마 명맥 유지를 위해 남겨 두었던 놈들은 주석서를 내다 팔며 내전을 했다.

그러다 내전을 했던 놈들조차 거의 다 죽어 버렸으니, 비전이 껍데기만 남는 것도 당연했다.

아마 가문이 망하는 가장 빠른 길을 찾으라면 바로 이 길이리라.

'이것도 중간에 누가 손을 쓴 건가?'

루크의 머릿속엔 대번에 멀빈 코넬리오가 떠올랐다.

어질고 우애 깊기로 유명했던 자기 자식들이 그런 미친 짓을 했다는 것보다, 멀빈이 수작을 부렸다는 게 훨씬 더 그럴듯했으니까.

거기에 놀아난 자식들도 할 말은 없겠지만 말이다.

'어쨌든 이건 흘러간 일이야.'

회귀라도 하지 않는 이상, 멀빈이 손을 쓰는 것 자체를 되돌릴 수는 없다.

그러나 손을 쓴 결과물을 되돌릴 수는 있지 않겠는가.

"그럼 지금이라도 되찾아오면 되겠네. 하다못해 주석서 몇 개만 되찾아도 슈넬덴이 지금 같지는 않을 텐데."

"바보냐? 그놈들이 그걸 팔아야 사 오지. 그럴 돈도 없고."

그도 그럴 것이 슈넬덴의 비전은 처음부터 끝까지 하나로 연결된다.

가장 기초적인 풍월대검부터 시작해 마지막 오의인 설풍검까지.

그 모든 것을 하나로 연결하지 못하면 결국 그럴듯한 유사품에 지나치 않는다.

그러나 그 유사품만으로도 가문의 위상을 단번에 역전시킬 수 있을 만큼 슈넬덴의 비전은 강력했다.

그런 걸 돈을 준다고 해서 다시 돌려주겠는가.

차라리 다른 비전서나 주석서를 모으는 쪽에 걸어 볼 것이다.

만약 그 비전들이 조금이라도 연결이 되는 날에는 가문의 위상이 몇 배는 더 뛰어오를 테니까.

"그거 몇 개 되찾겠다고 할아버지나 아버지가 뭐 빠지게 고생했었어. 파도치는 서리도 그 덕에 찾은 거고."

"그럼 주석서를 복원하는 건? 비전서 원본은 남아 있으니까 그걸 연구하고는 있겠지."

"연구했었지."

테오는 과거형으로 말했다.

저 말은 이제 그러지 않는다는 뜻일 것이다.

"그거 연구하다가 그나마 남아 있던 집안 재산까지 다 날려 먹었어."

"그럼 지금은?"

"상주 학자가 몇 명 있긴 한데 거의 휴업 상태야. 뭐 자기들끼리 계속하곤 있는데 연구비도 없이 무슨 성과를 내겠어."

"후우."

루크와 테오가 동시에 한숨을 내쉬었다.

"근데 넌 이런 것도 기억 안 나냐? 진짜 우리 가문 사람이 맞긴 한 거야?"

테오의 말에 루크는 자신이 잠깐 흥분했음을 깨달았다.

다른 건 몰라도 가문이 망해 가는 이야기만 들으면 평정심을 유지하기가 어려웠다.

"이제 쉬는 시간 끝났으니까 다음 운동으로 넘어가자."

"아…… 혹시 다른 이야기 듣고 싶은 거 없어?"

"없어."

"아니, 내가 다른 이야기를 해 줄 수도 있는데."

"수작 부리지 마. 더 쉬면 운동 효율 떨어진다."

"진짠데……. 쉬려는 거 아닌데……."

테오는 시무룩한 얼굴로 루크의 뒤를 따라갔다.

"도련님, 솔직히 말씀하세요. 검술 훈련 때 첫째 도련님께 괴롭힘당하고 있죠?"

토르빈이 걱정스러운 얼굴로 물었다.

"전혀."

"거짓말하지 마세요. 이렇게 얼굴이 시꺼먼데."

"진짜야."

"이제라도 교관을 바꿔 달라고 말씀드리는 게 어떨까요? 아무리 생각해도 첫째 도련님과 함께 수련하는 건 아닌 것 같아요."

"우리 집에 그럴 인원이 있냐?"

"아들이 간곡히 말하면 가주님의 마음이 움직일 수도 있죠."

아니라고 몇 번을 말했지만 여전히 토르빈의 표정엔 걱정과 의심이 한가득했다.

집사들 사이에서는 여전히 테오에 대한 소문이 좋지 않은 모양이다.

하긴 지금껏 그놈이 저질러놓은 업보를 생각해 보면, 인식이라는 게 그리 쉽게 바뀌지는 않을 것이다.

운동도 백은관에서만 하니 다른 이들이 볼 일도 없었으니까.

그리고 테오 때문에 표정이 어두운 게 맞기도 했다.

정확히는 테오에게 들은 말 때문에.

'내 자식들이 가문의 비전을 죄다 내다 파는 바람에 집안이 이 꼴이 되었다는데 표정이 밝을 리가 있나?'

가문의 비전이 유실되었다는 건 어느 정도 예상했지만, 이렇게 깡그리 사라져 버렸을 줄은 몰랐다.

본디 무가의 위세는 곧 보유한 비전이 얼마나 깊고 방대하냐에 따라 결정되는 법.

그런 의미에서 봤을 때, 지금의 슈넬덴은 지방 중소 가문과 다를 바가 없었다.

가문을 다시 원래 위치로 올려놓기 위해서는 일단 가문이 가진 비전의 주석서부터 복구해야 할 것이다.

'그걸 복구하는 것 자체는 문제가 아니긴 한데.'

이래 봬도 루크는 슈넬덴가 역사를 통틀어 가장 뛰어난 재능.

슈넬덴의 주요 비전의 주석을 복구하는 것 정도야 그에겐 식은 수프 먹기였다.

그뿐일까.

몇몇 비전은 오히려 더 쉽고 효율적인 방식으로 주석을 달아 줄 수도 있을 것이다.

'문제는 그 복구한 주석서를 어떻게 가문에 전달하느냐지.'

루크가 며칠 동안 골머리를 앓던 이유는 바로 그것이었다.

지금 상황상 가문에 주석서를 전달하는 게 그리 자연스러운 그림은 아니었다.

테오나 라히츠에게 조금씩 전수하는 방법도 있겠지만, 과정도 복잡하고 많은 사전 작업도 필요했다.

이를테면 자신이 어째서 이 비전의 오의를 정확히 알고 있는지에 대한 설명 같은 것 말이다.

'그래도 역시 테오에게 전수하는 수밖에 없겠지?'

루크가 그런 생각을 하는 사이, 토르빈은 여전히 그를 걱정스럽게 바라봤다.

"아니면 제가 집사장에게 이 사태를 슬쩍 귀띔이라도 할까요?"

"디온에게? 뭐 하러?"

"그럼 자연스럽게 가주님에게도 흘러 들어가겠죠."

"거참, 안 그래도 된다니까……. 잠깐만."

"왜 그러세요?"

"너 지금 뭐라 그랬어?"

"집사장에게 슬쩍 귀띔한다고요?"

"그래, 그럼 되겠네!"

루크의 눈이 등불처럼 반짝였다.

좋은 아이디어가 떠오른 것이다.

"그렇죠? 그럼 제가 당장 집사장에게 다녀올게요!"

루크는 돌아서는 토르빈을 멈춰 세웠다.

"아니, 그 말이 아니고."

"그럼 뭐가 되겠다는 거예요?"

"그런 게 있어."

토르빈은 자신이 뭘 한 건지 전혀 몰랐다.

그러나 더 이상 루크의 얼굴에선 그림자가 보이지 않았다.

"도련님, 정말 괜찮으신 거 맞죠?"

"그동안 골머리 앓고 있던 게 있었는데 네 덕분에 다 풀렸어."

"흐음……."

토르빈은 영문도 모르겠다는 표정이었다.

그럴 만도 했다.

지금 루크가 떠올린 생각은 오직 루크 본인만이 할 수 있는 것이었으니까.

'내가 학자들에게 귀띔을 해 주면 되잖아.'

그리고 자신에게서 받은 힌트로 학자들이 주석서를 복구한다면?

가장 자연스러운 방법으로 주석서가 전달되는 것이다.

'일단은 연구실부터 가 봐야겠군.'

연구실의 상태를 봐야 이 계획을 실행하지 말지 정할 수 있을 것이다.

바라건대 연구실에 괜찮은 학자가 한둘이라도 있기를.

루크는 그렇게 기도했다.

다음 날 아침.

루크는 곧장 테오를 찾아갔다.

무작정 혼자서 연구실을 찾는 것보다, 테오와 함께 가는 편이 의심을 덜 살 것 같았기 때문이다.

이러려고 굳이 품을 들여 테오를 갱생시키고 있는 거 아니겠는가.

"좋은 아침."

"어? 루크?"

아침부터 루크를 본 테오는 화들짝 놀랐다.

"무슨 일이야? 지금은 운동하는 시간 아니잖아."

"왜, 나 보기 껄끄러워?"

"아니, 그런 건 아닌데……."

"나랑 공부하러 가자."

"공부라니?"

"그럼 맨날 운동만 하고 있을 거야? 그러다 뇌까지 근육 돼 버린다."

"공부는 진짜 취향 아닌데."

"그럼 나한테 맞는 건 취향인가?"

루크가 주먹을 들어 올리자 테오는 고개를 푹 숙였다.

"어디로 갈 건데?"

"비전 연구실에 가 보려고."

"거긴 왜?"

"자고로 위대한 선대의 지혜는 비전에 담겨 있는 거니까."

"아, 난 거기 좀 그런데……."

테오가 또 툴툴거렸다.

요즘 들어 웬만해선 토를 달지 않는 테오였기에, 지금의 반응은 조금 이상했다.

그렇다고 테오의 불평을 고분고분 받아 줄 그가 아니었다.

"그래서, 같이 안 갈 거야?"

"아니⋯⋯."

"그럼 빨리 가자."

테오는 몸을 축 늘어뜨린 채로 루크의 뒤를 따라갔다.

한스 루만.

그는 슈넬덴 비전 연구실에 남은 몇 안 되는 학자이자, 연구실의 실장이었다.

지금 그의 손에는 한 장의 편지가 들려 있었다.

현재 노던을 관리하는 샤룬 가문과 함께 북부의 패권을 경쟁하고 있는 유력 가문인 라바흐 가문으로부터 온 편지였다.

이 안에는 약간의 돈과 함께 아티팩트가 하나 들어 있었다.

이 아티팩트를 누르게 되면 즉시 라바흐가에서 사람을 보내올 것이다.

어떻게 아느냐고?

그야 이건 자신을 스카우트하기 위해 보낸 편지였으니까.

"후우⋯⋯."

한스는 골치가 아팠는지 관자놀이를 꾹꾹 눌렀다.

개인 연구실은커녕 기본적인 연구비조차 지급되지 않으면

서, 슈넬덴의 비전을 복구해야 한다는 거창한 목표만 부여되어 있는 슈넬덴의 비전 연구실.

반면 개인 연구실을 비롯해 빵빵한 연구 지원금을 받으면서 슈넬덴의 비전을 연구할 수 있는 라바흐의 비전 연구실.

그도 사람인지라 후자에 더 관심이 가는 건 사실이었다.

'그래도 그러면 안 되지.'

자신은 태어날 때부터 슈넬덴의 사람이었다.

자신뿐만 아니라 아버지, 할아버지, 그리고 그 위로도 쭉.

대대로 슈넬덴의 연구실을 지켜 온 루만가의 사람으로서 다른 가문으로 넘어간다는 건 쉬이 결정하기 어려웠다.

할 수만 있다면 자신의 연구가 슈넬덴에서 완성되기를 바랐다.

'한 부분만 풀리면 지금 하고 있는 연구들은 전부 완성인데…….'

문제는 그 하나가 도통 풀리지 않는다는 점이다.

"하아."

한스는 한숨을 푹 내쉬고는 책상 서랍을 열었다.

그 안에는 지금 그의 손에 들려 있는 편지와 비슷한 것들이 수북이 쌓여 있었다.

대부분 라바흐에서 보낸 편지였지만, 간간이 다른 가문의 이름들도 보였다.

"연구나 하자, 연구나."

한스가 다시 책을 보려 할 때였다.

"실장님."

"무슨 일이야?"

"라히츠 경이 연구를 도와주러 오셨습니다."

"아, 내가 나가 볼게."

한스는 곧장 연무장으로 나갔다.

거기엔 라히츠가 기다리고 있었다.

"오랜만이오, 한스."

"연구를 도와주시려 여기까지 와 주셔서 감사합니다."

"슈넬덴의 비전을 되찾는 일인데 당연히 일조해야지. 막혔던 부분은 실마리를 찾았소?"

"늘 그렇듯 오늘도 그냥 해 보는 거죠, 뭐."

한스는 실망한 목소리로 대답했다.

라히츠는 그런 한스의 어깨를 톡톡 두드려 주었다.

"걱정 마시오. 계속하다 보면 분명 방도를 찾을 테니. 내 끝까지 도와주겠소."

한스는 그런 라히츠가 너무나 고마웠다.

원래 비전 연구를 할 때는 기사들의 도움이 필수적이었다.

학자들이 연구한 이론을 기사들이 직접 시연을 해 봐야만 그 결과를 알 수 있기 때문.

그러나 현재 슈넬덴의 기사들은 연구를 돕기엔 실력이 너무 떨어졌다.

그나마 실력 있는 기사들은 현재 맡은 임무를 수행하는 것만으로도 벅찬 상황.

성과는 거의 없고 시간은 많이 잡아먹는 비전 연구를 도우러 올 사람은 거의 없었다.

그런 와중에도 라히츠는 자기가 자는 시간까지 줄여 가며 여기까지 와 줬으니, 절이라도 해 주고 싶은 심정이었다.

"그럼 바로 시작하지."

"네, 일단 조영제부터 드시죠."

한스는 라히츠에게 약병을 건넸다.

그걸 마시자 옆에 있던 수정구를 통해 라히츠의 마나 회로와 마나의 흐름이 훤히 보였다.

"그럼 백운보부터 갈게요."

"알겠네."

그들의 연구는 한동안 이어졌다.

한스가 원문 구절을 해석한 부분을 말해 주면 라히츠가 그대로 시연을 하는 방식이었다.

그러나 시간이 갈수록 한스의 표정이 어두워졌다.

역시나 이번에도 성과를 찾을 수 없었다.

'딱 한 개만 남았는데……'

그간의 연구로 현재 연구 중인 비전서의 대부분을 해석했다.

이 정도면 주석서를 만들기에는 충분했다.

남은 건 딱 하나.

하지만 슈넬덴의 비전은 워낙 촘촘하게 짜여 있었기에, 이하나가 없으면 결국 완전한 해석이 불가능했다.

문제는 자신뿐만 아니라 아버지까지 평생을 바쳤음에도 아직 이를 알아내지 못했다는 것이다.

이 비전을 제대로 사용하는 걸 한 번이라도 볼 수만 있다면 문제를 풀 수 있을 텐데.

그런 아쉬움이 들고 있을 때였다.

"오, 비전 연구 중인가?"

뒤에서 앳된 목소리가 들려왔다.

한스보다 라히츠가 먼저 그들을 알아보았다.

"도련님들, 여긴 어쩐 일이십니까?"

"도련님들?"

뒤를 돌아보니 거기엔 슈넬덴의 직계 두 명이 서 있었다.

테오 슈넬덴과 루크 슈넬덴.

"그냥 견학 왔어."

루크가 먼저 대답했다.

"견학이라뇨."

"슈넬덴의 직계로서 슈넬덴의 비전을 연구하는 곳을 등한시할 순 없잖아."

"그렇긴 합니다만……."

라히츠는 말꼬리를 흐렸다.

그러면서 테오와 한스를 번갈아 쳐다보았다.

자세히 보니 한스도 루크의 눈을 못 마주치고 있었다.

'둘 사이에 뭔 일이 있었던 거구나.'

아침에 테오를 데리러 갔을 때도 테오가 썩 내키는 것 같지 않더라니.

보나 마나 테오가 한스에게 잘못했을 것이다.

저 망나니가 사고를 안 치는 게 더 이상한 일 아니겠는가.

어쨌든 루크가 할 일은 그들의 관계를 회복시키는 게 아니었다.

그저 자연스럽게 주석을 귀띔해 주기만 하면 될 뿐.

"조용히 견학만 하다가 갈게. 그렇지?"

꾸욱.

그러면서 테오의 등을 꾹 눌렀다.

"마, 맞아. 조용히."

테오가 화들짝 놀라며 맞장구를 쳤다.

두 도련님이 이렇게까지 나오자 라히츠도 별수가 없었다.

"한스, 괜찮겠소?"

"예, 뭐. 저는 상관없는데……."

"알겠소. 대신 도련님들께서도 소란을 일으키시면 안 됩니다. 특히 테오 도련님."

"물론이지."

라히츠는 다시 연무장에 섰다.

루크는 잠자코 그 모습을 지켜보았다.

솔직히 말하면 크게 기대가 되지도 않았다.

지금 연구실의 시설만 봐도 딱 견적이 나왔다.

'예전이랑은 비교도 안 되네.'

어느 것이 그렇지 않겠냐마는 연구라는 건 특히나 투자가 중요했다.

당장에 성과가 나오지 않더라도 꾸준히 투자했을 때, 비로소 그간의 투자를 다 갚을 만한 성과가 나오는 것이다.

그런데 직접 본 연구실의 모습은 어땠는가?

연구실의 시설, 장비, 인력까지.

한 가문의 비전 연구실이라 부르기에도 부끄러운 수준이었다.

제일 최신이라고 부를 수 있을 만한 장비가 50년 전의 것인데, 무슨 설명이 더 필요할까.

이런 곳에서 주석 연구가 잘되고 있을 리가 없었다.

그렇다고 더는 연구실에 투자하지 않는 가문을 욕하는 것도 아니었다.

'가문 입장에서도 없는 형편에 굴린 연구실에서 아무런 성과가 없었으니 어쩔 수 없었겠지.'

이 꼴이 보기 싫어서라도 하루빨리 가문을 원래대로 되돌려 놓고 싶은 것이다.

루크가 그런 생각을 하고 있는 동안, 라히츠가 실험을 한 준비를 마쳤다.

그들은 한스의 뒤로 가서 섰다.

"그럼 백운보 다시 한번 가 볼게요. 좀 전에 말씀드렸던 대로 백회로 말고 적회로로 마나를 보내 보죠."

한스는 그렇게 말하며 수정구를 켰다.

그 수정구를 통해 라히츠의 마나 회로가 훤히 보였다.

그걸 본 루크가 고개를 갸웃했다.

"이건 뭐야?"

"이건 조영제를 복용한 사람의 마나 흐름을 보여 주는 장치입니다."

"조영제?"

루크도 그건 처음 들어 보는 것이었다.

"조영제는 일시적으로 복용자의 마나 회로에 흡수됩니다. 그러고는 수정구의 마나와 공명해 이렇게 마나의 흐름을 보여 주게 되죠."

저게 사실이라면 정말 획기적인 발명품이었다.

200년 전에 비전을 연구할 때는 어땠던가.

기사들은 자신의 마나가 어떻게 움직였는지 학자들에게 일일이 설명해 주어야 했다.

시간이 오래 걸리는 건 당연했고, 행여나 설명이 조금이라도 잘못된다면?

한동안 문제점을 찾지 못해 연구가 교착 상태에 들어가게 되기도 했다.

그런데 이 조영제만 있다면 그런 걱정은 할 필요가 없어질 것이다.

'나 때 저런 거 하나만 있었다면…….'

이런 생각이 들지 않을 수가 없었다.

"언제부터 저런 걸 사용한 거야?"

"사실 저건 제가 직접 만든 겁니다."

"오, 저걸 직접 만들었다고? 실력이 대단한데?"

"과찬입니다."

"난 원래 빈말 잘 안 하는데, 이건 진짜 대단해."

루크가 한스를 향해 엄지를 치켜세웠다.

테오는 그걸 보고는 입술을 삐죽 내밀었다.

자기에겐 매일 구박만 하던 루크가 저렇게 극찬을 해 주는 게 부러웠기 때문이다.

"저게 뭐 대단한 거라고……. 돈 그렇게 타다 썼으면 그 정도는 해야지."

"죄송합니다, 테오 도련님."

"형, 우리 조용히 보기로 했잖아."

테오는 한스를 한 번 째려보고는 고개를 휙 돌렸다.

저게 어딜 봐서 열여덟 살일까.

매일같이 망나니짓만 하고 다녔으니 정신적으로 전혀 성숙하지 않은 것일 테지.

루크도 고개를 절레절레 저었다.

"우린 조용히 있을 테니까 바로 실험 시작해."

"네."

라히츠의 마나가 움직이는 것이 수정구에 훤히 비쳤다.

루크는 더욱 집중해서 그 마나의 흐름을 살폈다.

그의 마나가 순서대로 회로를 거쳐 마침내 발에 다다르는 순간.

탓, 타앗.

그는 백운보의 초식을 밟아 가기 시작했다.

하체는 가볍게 움직이면서도 상체는 유려하게 상대의 틈을 파고드는 움직임.

언뜻 분명 백운보의 모습이 맞았다.

그러나 완벽히 재현한 건 아니었다.

발걸음 발걸음마다 자신의 기척을 남기고 있지 않은가.

구름을 밟은 듯 어떠한 기척도 내지 않는 것이 바로 백운보의 묘리였다.

라히츠의 보법에는 그게 빠져 있었다.

이는 분명 원본의 해석을 완벽하게 해내지 못했다는 의미.

'아직은 초반부니까 조금만 더 지켜보자.'

후반으로 가서도 마찬가지였다.

아니, 오히려 후반으로 갈수록 자세가 더욱 무너졌다.

현재 슈넬덴 기사들의 수준을 생각해 보면 나름대로 훌륭

하다고 볼 수 있었지만, 루크는 확신할 수 있었다.

저건 백운보를 흉내 낸 것에 불과하다는 것을.

그러나 루크의 표정은 전혀 어둡지 않았다.

약간의 미소를 머금은 것이 어딘가 만족스러워 보이기까지 했다.

"역시 이번 것도 아닌가 보네요. 죄송합니다, 도련님들 앞에서 뭔가 보여 드렸어야 했는데."

"한스라고 했나?"

루크는 실망하고 있던 한스를 불렀다.

"네, 도련님. 한스 루만입니다."

"이렇게 연구하는 걸 직접 보여 줘서 고마워."

"아닙니다, 이룬 게 하나도 없어 부끄러울 따름입니다."

"이룬 게 없다니 무슨."

그저 위로하기 위해 한 말이 아니었다.

'이 녀석, 생각보다 실력이 괜찮은데?'

라히츠의 백운보를 보면 딱 한 가지가 부족했다.

중반부에 접어들 때의 운용만 잘했다면 아마 완벽한 백운보가 나왔을 것이다.

아마 한스가 풀지 못한 부분이 바로 거기겠지.

'저 녀석의 실력이라면 한 번 보여 주기만 해도 충분히 배껴 내겠어.'

루크는 미소를 지었다.

이 집구석에서 처음으로 희망을 본 것 같은 기분이었다.

*

그날부터 테오와 루크는 매일 비전 연구실을 찾아갔다.

그들은 거기서 말 그대로 조용히 연구하는 것을 지켜보기만 했다.

'그놈이 웬일로 조용한 거지?'

한스는 행여나 테오가 행패를 부리진 않을까 걱정했었다.

과거의 테오를 생각하면 그런 걱정을 안 하는 게 더 이상했다.

3년 전.

테오가 술에 잔뜩 취해서 연구실에 찾아온 적이 있었다.

*

그게 테오가 처음으로 취할 만큼 술을 마셨을 때였을 것이다.

"야, 이 식충이 새끼들아! 어디 있어?"

한창 연구를 진행하고 있을 때 밖에서 누군가 소리를 질렀다.

그 목소리만 듣고도 학자들은 그가 누구인지 대번에 알아차렸다.

가문의 최대 골칫덩이 테오 슈넬덴은 비전 연구실을 싫어하기로 유명했으니까.

"도련님 여긴 어쩐 일이십니까?"

"뭘 어쩐 일이야? 너희가 처먹은 밥값을 토해 내라고 온 거지!"

"술에 많이 취하신 것 같으니 오늘은 이만 돌아가시지요."

"이 개새끼가 누구한테 명령질이야?"

퍼억!

그는 자신을 말리던 한스의 얼굴에 주먹을 날려 버렸다.

"왜 이러십니까, 조금만 진정하시지요."

한스는 얼굴이 퉁퉁 부었으면서도 차분하게 말했다.

"지금 진정하게 생겼어? 너희가 맡은 일만 잘했어도 우리 가문이 이 지경이 되지는 않았을 거 아니야! 너희한테 퍼부은 돈이 얼마인 줄은 알아?"

슈넬덴이 안 그래도 없는 돈을 연구실에 투자하다 결국 가세가 더욱 기울었다.

이건 50년도 더 된 이야기였다.

테오는커녕 현 가주인 율리안이 가주도 아니던 시절의 이야기.

그럼에도 한스는 테오에게 고개를 숙였다.

"죄송합니다. 저희가 부족한 탓입니다."

"죄송하면 여기서 꺼지라고. 우리 집안 말아먹지 말고 나가!"

"그럴 순 없습니다."

"그럴 순 없다?"

"예, 슈넬덴이 슈넬덴의 비전을 찾는 걸 포기하면 어떡합니까? 그거야말로 진짜 가문이 망하는 길입니다."

"이 식충이 새끼가 어디서 말대답이야!"

챙ㅡ!

테오는 기어코 검을 뽑아 들더니 한스를 향해 휘둘렀다.

아무리 테오가 열네 살이라고 해도 그는 훈련을 받은 기사였다.

반면 학자는 신체적으로 봐서는 일반인에 준하거나, 그것보다 살짝 높은 수준.

그 정도로는 테오가 휘두른 검을 막을 수 없었다.

우당탕!

착ㅡ!

"크억."

테오의 검이 한스의 오른쪽 팔뚝을 스쳤다.

만약 테오가 술기운에 넘어지지 않았다면, 저 검은 분명 한스의 목을 베었을 것이다.

"경비들 불러!"

"실장님 상태 확인해!"

"본관에도 연락해!"

결국 피까지 튀자 연구실은 발칵 뒤집혔다.

이후 라히츠가 다급하게 달려올 때까지 테오의 난동은 멈추지 않았다.

이 사건으로 테오는 한 달을 넘게 근신 처분을 받았다.

'그랬던 사람이 저렇게 달라지다니.'

오래 살고 볼 일이었다.

'에휴, 그게 무슨 상관이냐. 이제 시한도 얼마 안 남았는데 빨리 연구나 마쳐야지.'

한스가 막 연구를 시작하려 할 때였다.

"실장님, 본관에서 서신이 왔습니다."

서신을 들고 있는 학자의 표정이 어두웠다.

아마도 저 서신이 의미하는 바를 잘 알고 있기 때문이리라.

"본관에서는 뭐래?"

"일전에 말했던 대로 다음 달부터 지원의 규모를 더 줄이겠다고 하더군요."

"여기서 더 줄인다니……."

"사실상 지원금을 하나도 주지 않겠다는 거 아닙니까?"

"그런 거겠지."

더 이상 나올 한숨도 없었다.

가문의 사정을 모르는 것도 아니었다.

가문의 가장 큰 수입원이었던 노던을 빼앗긴 지도 10년이
넘었다.

더 이상 연구실을 운영은 고사하고, 당장 가문을 운영하기
위한 최소한의 자금을 구하는 것도 어려워졌을 것이다.

율리안이 비전 연구실에 관심이 많았기에 그나마도 연구
실이 유지가 되었다.

그마저도 이제는 버티지 못할 수준이 된 것일 터.

'하지만 우리가 포기하면 슈넬덴의 비전은 영원히 다른 가
문의 손에 넘어가게 될 텐데.'

다른 가문들 역시 슈넬덴의 비전을 해석하는 데 혈안이 되
어 있다.

게다가 그들은 주석서마저 들고 있지 않던가.

비전 자체가 워낙 복잡하다 보니 주석서를 들고도 아직 완
전히 해석하지 못하고 있었지만, 이것도 시간문제였다.

그렇게 되면 슈넬덴의 선조들이 만든 비전이 어느새 다른
가문의 비전으로 둔갑하게 될 터.

'그거야말로 진짜 가문이 망하는 길이라고.'

그렇다고 무슨 방법이 있는 것도 아니었다.

테오가 3년 전에 했던 말대로, 자신들이 돈을 받아 놓고

이룬 게 하나도 없는 건 사실이었으니까.

드르륵.

그는 서랍장을 열어 봤다.

자신을 스카우트하고 싶다는 서신들이 보였다.

그걸 보자 머릿속으로 오만가지 생각이 다 들었다.

쿵!

그러다 고개를 휙 돌리며 서랍을 닫아 버렸다.

'아직은 시간이 있잖아.'

지원금이 지급되는 시간은 아직 한 달이나 남았다.

그동안 성과를 하나라도 낸다면 자신도 할 말이 생긴다.

할 수 있는 데까지 다 해 보고 정말 모든 지원이 끊긴다면, 그때 가서 제안을 고려해 봐도 늦지 않으리라.

"그냥 연구나 하자. 우리 실직자 안 되려면 두 달 안에 성과를 내야 해."

"실장님……."

"얼른, 얼른."

한스는 애써 밝은 목소리로 말하고는 밖으로 나갔다.

역시나 오늘도 루크와 테오가 견학을 나와 있었다.

'루크 도련님이 연구실에 관심이 많아 보이던데, 도련님을 잘 구슬리면 지원금을 더 받을 수도 있지 않을까?'

그런 생각이 아주 잠깐 스쳐 지나갔다.

그러나 한스는 얼른 그 생각을 털어 버렸다.

때려죽여도 나올 돈이 없는데, 아들이 부탁한다고 해서 나올 리가 없었다.

무엇보다 저 어린 도련님을 그렇게 이용해 먹고 싶지도 않았다.

"오늘도 오셨군요. 다만 오늘은 시연은 보여 드리지 못할 것 같습니다."

"왜?"

"라히츠 경이 오시지 않는 날이거든요."

"흠…… 시연이 보고 싶었는데."

루크는 턱을 쓰다듬더니 손뼉을 딱 쳤다.

"아, 그래. 혹시 형이 시연을 도와줄 수 없을까?"

"네? 테오 도련님께서요?"

"형도 백운보를 배웠으니까 시연을 하기엔 충분할 텐데."

"그렇긴 해도 이게……."

"그냥 마나의 흐름을 보는 것뿐인데, 뭐 몸에 지장이 가는 것도 아니잖아."

"끙……."

한스는 곤란한 듯 목을 긁적였다.

이 제안은 예상하지 못한 건 테오도 마찬가지였다.

"내가 왜? 네가 해도 되잖아."

"난 아직 백운보 안 배웠잖아. 그리고 형의 마나 제어 능력이 좋아서 그러지."

"응?"

예상치 못한 칭찬에 테오가 당황했다.

"알다시피 시연은 아무나 할 수 있는·게 아니야. 아주 미세하게 마나를 제어할 수 있어야 해. 한스, 그렇지?"

"그렇죠. 마나 제어 능력이 수석 기사 정도는 돼야 가능할 겁니다."

수석 기사라는 말에 테오의 귀가 쫑긋했다.

"형은 마나 제어만으로 따지면 라히츠보다도 앞서잖아."

"그, 그건 그렇지."

"그럼 충분히 시연을 도와줄 수 있겠네. 아니, 오히려 라히츠 때는 발견하지 못한 걸 발견할 수도 있고."

"그런……가?"

"그렇지!"

"좋아, 까짓것 한 번은 도와주지."

둘의 대화를 지켜보고 있던 한스는 하마터면 박수를 칠 뻔했다.

'테오를 저렇게 다룰 수도 있구나?'

저렇게 고분고분한 테오는 여태껏 한 번도 보지 못했다.

이래서 테오가 견학하던 내내 조용했던 것이었다.

"그럼 혹시 모르니 검증을 한번 해 봐도 되겠습니까?"

"검증? 네가 뭔데 날 검증한다고……."

"물론이지."

테오가 뭐라고 하기도 전에 루크가 먼저 대답해 버렸다.

테오는 루크가 슬며시 내민 주먹을 보고선 입을 다물었다.

"검증은 외부에서 들어온 마나를 밀어내는 거면 되려나?"

"네, 그거면 됩니다."

"좋아, 그건 내가 도와주지."

루크는 테오에게 손을 가져다 댔다.

그리고 자신의 마나를 테오에게 주입했다.

루크의 마나가 테오의 회로 곳곳으로 퍼져 나갔다.

"자, 이걸 걷어 내 봐."

"이 정도쯤이야."

테오는 자신의 마나를 운용해 회로에 들어온 루크의 마나를 다 걷어 냈다.

"자, 다 걷어 냈지?"

"한스가 보기엔 어때?"

"확실하네요."

외부에서 들어온 마나를 저렇게 빠르면서도 깔끔하게 걷어 내는 건 수석 기사들에게도 쉽지 않은 컨트롤이었다.

저것만 보더라도 테오가 자신의 마나를 얼마나 자유자재로 다룰 수 있는지 알 수 있었다.

"그럼 시연을 좀 도와주실 수 있겠습니까?"

"크흠, 이번만이야."

테오는 툴툴거리면서도 한스의 설명만큼은 잘 들었다.

백운보의 각 구절마다 마나를 어디로 보내야 하는지 설명을 들은 후, 한스로부터 조영제까지 받아 마셨다.

수정구엔 테오의 마나 흐름이 고스란히 드러났다.

루크는 그 속을 자세히 들여다보았다.

'잘 숨어 있네.'

테오의 회로 속엔 아주 작은 점 하나가 보였다.

수정구에 붙은 먼지가 아닐까 싶을 정도로 작은 점.

그러나 그건 루크가 남겨 둔 자신의 마나였다.

루크가 쌓은 마나는 양이 적긴 해도 그 농도는 다른 이들과 비교도 할 수 없을 만큼 진했다.

그렇게 순수하고 묵직한 마나는 고작 테오의 힘으로 밀어낼 수 있는 게 아니었다.

그저 밀어냈다는 착각이 들게 잘 숨겨 둔 것일 뿐.

테오도, 한스도 그 사실은 꿈에도 모르고 있었다.

"그럼 시작해 보겠습니다."

"빨리해. 후딱 하고 가게."

"예."

한스가 마나의 흐름을 기록할 준비를 마쳤다.

그때부터 테오가 백운보를 시작했다.

확실히 라히츠 때보다 엉성한 움직임.

그러나 마나의 흐름만큼은 라히츠 때와 똑같았다.

한스는 수정구 화면에 완전히 집중했다.

단 하나의 움직임도 놓치지 않겠다는 생각으로.

'지금부터가 중요해.'

백운보의 중간 부분이자 수천수만 번의 실험으로도 풀어 내지 못한 하나의 구절.

'이번에는 백회로를 거쳐 자회로로 마나를 돌리게 될 텐데……'

한스는 눈을 부릅뜨고 그 모습을 지켜봤다.

그 순간 루크는 자기가 심어 둔 마나를 움직였다.

루크의 짙은 마나는 테오의 마나를 유도하기 시작했다.

"어, 어?"

테오의 마나의 흐름이 급변했다.

"이거 왜 이러는 거야?"

원래 계획했던 경로와는 전혀 다른 방향으로 가자 테오가 당황했다.

백회로를 거쳐 자회로로 가려 했던 마나가 일부는 청회로로, 또 일부는 적회로로 움직였다.

"미쳤나, 이게!"

어떻게든 마나를 통제해 보려 했지만, 자신의 마나는 무엇인가에 끌려가기라도 하는 것처럼 말을 듣지 않았다.

"으윽."

테오는 순식간에 마나의 통제권을 완전히 상실했다.

그때부터는 테오도 자신의 마나가 어떻게 흐르는지 알 수 없었다.

놀라운 건 그때부터 테오의 움직임이 달라졌다는 것이다.

여전히 엉성하긴 해도 구름을 밟듯 가벼운 발걸음.

라히츠가 시전했을 때보다 더욱 백운보에 가까운 모습이었다.

"저건 설마?"

그걸 본 한스의 눈이 찢어질 듯 커졌다.

그러나 그것도 잠시.

쿠다탕.

"으엑!"

이내 테오는 자신의 현란한 발걸음을 이겨 내지 못하고 넘어졌다.

이는 사실 루크의 마나가 미약한 탓이기도 했다.

아무리 짙다고 해도 양 자체가 적으니, 오랫동안 남의 마나를 유도할 수 없었던 것이다.

'그래도 이 정도면 됐겠지?'

루크는 한스를 쳐다봤다.

한스는 여전히 넋이 나간 채로 수정구를 바라보고 있었다.

'저러고 있다가 내가 보여 준 거 다 놓친 거 아니야?'

하지만 그런 걱정은 안 해도 될 것 같았다.

넋이 나간 와중에도 한스의 손은 여전히 움직이고 있었으니까.

노트를 보니 좀 전의 모습을 모두 기록해 두었다.

"어, 어떻게 된 겁니까?"

이내 정신을 차린 한스는 연무장으로 달려들었다.

"뭐가?"

"방금 어떻게 한 거냐고요!"

"몰라."

"다, 다시 한 번만 보여 주실 수 있습니까?"

"아니."

"어째서요? 이건 앞으로 슈넬덴의 미래를 바꿀지도 모르는 일입니다! 한 번만 다시 보여 주세요!"

"못 해. 나도 방금 어떻게 됐던 건지 감도 못 잡겠는데."

"아, 아……."

한스는 본인이 너무 흥분했다는 것을 깨달았다.

다시 보여 줄 수 없다고는 해도 자신이 기록한 게 있으니 상관없다는 결론에 도달한 것도 그때였다.

"노트가……."

그는 당장 자신의 노트를 살펴보았다.

거기엔 당시 테오의 마나 흐름이 어떻게 흘러갔는지 전부 기록되어 있었다.

"됐다, 됐어! 이제 풀 수 있어."

그는 그 내용을 읽어 보더니 거의 울부짖듯 말했다.

"뭔데? 지금 어떻게 된 거야?"

"나도 몰라. 형의 백운보에서 뭔가 엄청난 걸 봤나 보지."

"나한테서?"

"라히츠가 할 때는 아무것도 못 찾다가 형이 나서니까 바로 찾아 버리다니……. 이래서 재능, 재능 하는 건가 봐."

루크의 칭찬에 테오는 머쓱해졌다.

"그, 그래?"

"당연하지. 어쨌든 우리는 지금 좀 빠져 줘야 할 것 같은데?"

"그런 것 같네. 저놈 저거, 바닥에 엎드려서 뭐 하는 거야?"

한스는 바닥에 엎드린 채 노트에다 뭔가를 써 내려가고 있었다.

그 모습이 꼭 미치광이 과학자 같아 보였다.

루크는 그 내용을 슬쩍 훔쳐보았다.

'후손들에게 줄 첫 번째 선물은 완성이네.'

그의 입가엔 흐뭇한 미소가 그려졌다.

Chapter 4

한스가 무아지경에 들어선 지 몇 시간 후.

"유레카!"

그는 검증을 위해 사용한 수많은 종이를 휙 내던지며 외쳤다.

그의 외침을 들은 학자들이 연무장으로 몰려나왔다.

"무슨 일입니까?"

"뭘 발견하신 겁니까?"

학자들 사이에서 '유레카'라는 단어가 의미하는 바는 명확했다.

오랜 기간 연구하던 것을 풀어냈을 때.

그때 그 학자가 감탄에 차서 외치는 말이었다.

그리고 그들이 오랜 기간 연구한 것이 무엇이겠는가?

"설마 그걸 찾아내신 겁니까?"

한 학자가 조심스럽게 물었다.

"맞아! 드디어 찾아냈다고!"

한스는 눈물을 줄줄 흘리며 외쳤다.

아버지와 자신이 평생을 바쳐서도 풀 수 없었던 단 하나의 열쇠.

그걸 마침내 풀어낸 것이다.

"정말입니까?"

"그럼 백운보의 주석서를 완성할 수 있는 겁니까?"

"백운보뿐일까! 이것만 있으면 풍월대검과 천설검, 설화이검까지도 다 풀 수 있을 걸세!"

"와아아아!"

학자들은 함성을 내질렀다.

조금 전 연구비가 끊긴다는 말을 전해 들은 시점에 너무나 완벽한 타이밍이었다.

"당장 가주님께 보고를 드리러 가시죠."

"잠깐만, 그전에 도련님들께 인사부터 드리고."

"도련님들요?"

"도련님들께서 이걸 발견할 수 있게 도와주셨어."

"에이, 설마요."

"정말이야. 테오 도련님이 시연을 도와주시다가 이걸 발견한 거라니까?"

루크라면 모를까, 테오라는 이름이 나오자 학자들은 더욱 믿을 수 없었다.

그러나 한스의 표정을 보니 거짓말은 아닌 것 같았다.

"도련님들은 어디 계셔?"

"도련님이라면 지금 휴게실에 계실 거예요."

"인사만 드리고 올 테니까 다 모여 있어. 바로 보고 자료부터 만들어야 하니까."

한스는 헐레벌떡 휴게실로 갔다.

의자 몇 개만 덩그러니 놓여 있는 탓에 휴게실이라고 부르기도 민망한 곳.

테오와 루크는 거기에 앉아서 차를 마시고 있었다.

"작업은 끝냈어? 엄청 집중한 것 같아서 우리만 몰래 나왔어."

루크가 먼저 그가 온 걸 알아차렸다.

"죄송합니다. 제가 그만 딴 데 정신이 팔리는 바람에…….."

"그런 것 같았어. 그래서 연구하던 건 찾아냈어?"

꾸벅.

한스는 대답을 하기도 전에 고개부터 숙였다.

"이게 다 도련님들 덕분입니다. 특히 테오 도련님, 진심으로 감사드립니다."

감사 인사를 처음 받아 봤기 때문일까.

테오는 당황한 것처럼 보였다.

"……응? 나?"

"예! 도련님의 시연 덕분에 평생을 찾아 헤매던 열쇠를 찾을 수 있었습니다."

"아, 아냐. 일부러 한 것도 아니고 그냥 우연히 그렇게 된 것뿐인데……."

"시연을 도와주셨기에 그런 우연도 나올 수 있었던 거죠."

"그런 거라면 나보고 시연을 하라고 시킨 루크에게 더 고마워해야지."

테오는 아직 칭찬을 받는 데 서툴렀기에, 얼른 화살을 루크에게로 돌렸다.

"루크 도련님께도 감사드립니다."

"나한테 고마워할 필요가 있나. 그나저나 한스는 빨리 자료 정리해야 하는 거 아니야? 바로 아버지께 보고해야 하잖아."

"그렇죠."

"그럼 빨리 가 봐. 인사는 그다음에 해도 되잖아."

"예, 정말 감사합니다!"

한스는 다시 한 번 인사하고는 휴게실을 나갔다.

"루크."

휴게실에 남겨진 테오가 루크를 보며 말했다.

"왜?"

"진짜 우리가 도움이 된 거야?"

"봤잖아, 고맙다고 인사하러 온 거."

"그건 그런데……."

테오는 멍한 표정으로 한스의 뒷모습을 바라봤다.

그는 지금의 기분을 뭐라 말로 표현하기 어려웠다.

"이런 것도 나쁘지 않지?"

"응…… 괜찮네."

테오의 표정은 여전히 멍했다.

그러나 루크는 그 표정 뒤에 숨겨진 뿌듯함을 확실히 보았다.

'이쪽도 착실히 잘 진행되고 있네.'

후손들에게 비전을 전수하는 것도, 테오를 갱생시키는 것도.

루크가 세운 계획이 순조롭게 잘 진행되고 있었다.

❦

한스는 보고 자료가 만들어지는 대로 곧장 본관으로 달려갔다.

그러고는 율리안과 수석 기사들 앞에서 이 성과를 보고했다.

"저, 정말 주석서를 완성할 수 있다는 말인가?"

보고를 들은 율리안은 누구보다 기뻐했다.

"그렇습니다. 일단은 백운보를 해석했으며, 조금만 더 연구한다면 다른 것들도 해석할 수 있습니다."

"근 10년간 들었던 소식 중 가장 반가운 소식이로군! 한스, 자네가 정말 수고 많았네."

"아닙니다. 그동안 아무런 성과가 없었음에도 저희를 믿어 주신 가주님 덕분입니다."

율리안은 한스의 시선을 피했다.

얼마 전에 자신의 손으로 직접 연구비 삭감에 동의하지 않았던가.

그럼에도 이렇게 엄청난 성과를 가지고 와 준 한스에게 고마우면서도 미안했다.

"그런데 어쩌다 그 열쇠를 찾게 된 것인가? 자네와 자네 아버지가 그렇게 찾아 헤매도 코빼기도 안 비치던 것을?"

"도련님들 덕분입니다."

"테오와 루크?"

"예, 테오 도련님께서 시연을 도와주시다가 우연히 마나를 잘못 운용했는데, 거기서 영감을 받았습니다."

"테오 녀석이 그랬다니 믿을 수가 없군."

요즘 들어 테오가 연구실을 자주 찾는다는 보고를 받았을 때만 하더라도 걱정이 이만저만이 아니었다.

그랬는데 되레 이런 엄청난 일을 해낼 줄이야.

아무리 우연이라고 해도 장하지 않을 수 없었다.

"나는 솔직히 테오가 연구실에서 소동을 일으키지 않을까 걱정했었네."

"그건 루크 도련님 덕분에 걱정 없었습니다."

루크의 이름이 나오자, 율리안의 눈이 빛났다.

"자네가 보기엔 어떻던가? 루크가 테오를 잘 통제하던가?"

"잘하다마다요. 테오 도련님이 시연을 하게 된 것도 루크 도련님 덕분이었습니다."

"흐음, 루크 덕분이란 말이지⋯⋯?"

분명 열쇠를 찾아낸 건 테오였다.

그러나 이상하게 루크 쪽에 더 관심이 가는 건 왜일까?

애당초 연구실과는 악연이 깊은 테오가 연구실을 들른 것부터 이상했다.

알고 보니 루크가 테오를 데려간 것이라고 했다.

공교롭게도 거기서 비전의 열쇠를 찾아냈고.

'설마 이 모든 게 루크가 계획한 것인가?'

거기까지 생각이 이른 율리안은 자기도 모르게 피식 웃고 말았다.

'이런 말도 안 되는 생각을 하다니, 나도 늙긴 했나 보군.'

아무리 그래도 루크가 수십 년간 풀지 못했던 비전의 열쇠를 알고 있을 리가 없지 않은가.

자신이 루크에게 거는 기대감이 있다 보니 이런 망상까지

이어진 모양이었다.

'어쨌든 루크를 테오에게 붙여 둔 건 계속해서 기대 이상의 성과를 거두는구나.'

원래는 그저 루크로 인해 테오가 자극받길 바랐다.

그걸 해낸 것만으로도 기대 이상이었는데, 이제는 우연이기는 해도 비전의 열쇠마저 풀어 버렸다.

이보다 더할 나위가 있을까.

이대로 둘을 더 붙여 놓는 쪽이 좋아 보였다.

"어쨌든 자네가 해석한 자료를 보여 줄 수 있겠는가?"

"여기 있습니다."

그는 수석 기사들과 함께 그 자료를 검토했다.

자료를 읽으면 읽을수록 그들의 얼굴엔 희열감이 감돌았다.

그들은 슈넬덴가에서 이 비전을 가장 잘 이해하고 있던 사람들이다.

그렇기에 한눈에 알 수 있었다.

이 해석이 자신들이 막혀 있던 부분을 명쾌히 해결해 줄 수 있다는 것을.

"이것이 진정한 백운보였군요."

한 기사가 감탄을 흘렸다.

"내가 보기에도 그렇군."

"예, 백운보의 구절에 이토록 많은 뜻이 담겨 있는 줄은 몰랐습니다."

그 말에는 부끄러움이 담겨 있었다.

백운보.

슈넬덴의 가장 기초적인 비전이었다.

굳이 주석서가 없더라도 나름의 오의를 깨우치는 데는 어려움이 없다.

적어도 지금까지, 그들은 그렇게 생각해 왔다.

그러나 한스가 들고 온 자료를 보고 있노라면, 그 생각이 한없이 부끄러워졌다.

그만큼 백운보에는 더욱 깊은 단계가 있었다.

백운보뿐만 아니라 다른 비전들도 마찬가지일 터.

이 비전을 제대로 배운다면 후배들은 물론이고, 여기 있는 수석 기사들에게도 큰 도움이 되리라.

"어떤 것 같습니까?"

한스가 조심스럽게 물었다.

그 평가에 따라 앞으로 연구실의 운명이 결정될 것이다.

잠깐의 정적 후에 율리안이 천천히 입을 열었다.

"한스, 자네도 알다시피 지금 가문의 자금 사정이 좋지 않네. 그렇다고 다른 가문에 부탁해 자금을 받아 올 상황도 아니지."

여기저기 빌려 놓은 자금의 이자만 하더라도 이미 슈넬덴의 목을 옥죄고 있었다.

여기서 돈을 더 빌린다면, 이자를 감당하지 못하고 무너지고 말 것이다.

비전을 연구하겠다고 당장 가문을 무너뜨릴 수는 없는 노릇.

"이런 상황에서도 우리에게 희망을 보여 줘서 정말 고맙네."

율리안이 한스를 향해 고개를 숙였다.

가주로서는 좀처럼 보이기 힘든 행동.

한스의 눈이 흔들렸다.

"가주님, 그 말씀은……."

"내 무슨 수를 써서든 돈을 구해 보겠네. 설령 가문의 운영비를 줄이는 한이 있더라도 말일세."

율리안은 부드러운 미소를 지었다.

"자네와 비전 연구실은 아무 걱정 말고 주석서를 완성해 주게. 일단은 백운보부터. 그리고 다음 비전들도."

"……."

"그리해 줄 수 있겠나?"

"예!"

이번에는 한스가 고개를 푹 숙였다.

이로써 슈넬덴의 비전 연구실은 계속될 수 있게 되었다.

슈넬덴의 봄은 그렇게 점점 가까워지고 있었다.

슈넬덴은 허리띠를 꽉 졸라맸다.

당장 루크의 식탁에 올라온 식사만 봐도 확 달라졌다.

식사의 품질은 당연하고 양마저 줄어들었다.

'쩝, 아무리 그래도 내가 슈넬덴의 직계 혈족인데 이런 걸 먹어야 한다니.'

그래도 이 돈이 어디로 흘러가는지 알고 있었기에 불만은 없었다.

비전 연구실의 연구비가 되고 있을 테지.

이 사실을 아는 건 루크를 포함해 가문 내에서도 소수밖에 없었다.

최대한 비밀리에 진행하라는 가주의 특별 지시가 있었기 때문이다.

주석서의 연구에 박차를 가하고 있음이 알려지면, 코넬리오를 비롯한 다른 가문들이 개입할 것이 불 보듯 뻔했다.

그걸 고려한 가주의 조치였다.

'어쨌든 비전을 넘겨주는 데는 성공했네.'

연구실에 한스 같은 실력자가 있어서 다행이었다.

그와 학자들이 해 놓은 선행연구가 없었더라면, 이렇게 빨리 비전을 전달하기는 어려웠을 것이다.

'앞으로도 종종 연구실에 들러 자연스럽게 방향만 잡아 주

면 되겠지.'

똑똑한 아이들이니 질문을 가장한 조언 몇 개만 해 줘도 금방 길을 찾을 수 있을 것이다.

'이걸로 비전 문제는 실마리가 보이는 것 같고.'

하지만 슈넬덴이 부활의 서막을 알리기엔 아직 일렀다.

이 망할 집구석에는 여전히 많은 문제가 있었으니까.

이를테면 지금 자신의 식탁만 봐도 알 수 있는 자금 사정 같은 거 말이다.

허리띠를 졸라매서 연구비를 충당하는 데에도 한계가 있었다.

기초 비전의 연구가 끝나고 그다음으로 넘어간다면, 이보다 훨씬 많은 연구비가 필요할 것이다.

그때가 되기 전에 든든한 자금줄을 마련해 둬야 했다.

'돈이 나올 만한 구석이 있긴 한데.'

루크는 머릿속에 한 장소를 떠올렸다.

별일이 없었다면 그곳엔 꽤 많은 보물들이 묻혀 있을 것이다.

문제는 아직 그곳에 갈 만한 실력을 갖추지 못했다는 점.

슈넬덴 산에 오르기 위해선 지금보다 좀 더 강해져야 했다.

'조급하게 생각하지 말자.'

어디로 튈지 몰라 항상 예의주시해야 했던 테오도 이젠 어느 정도 궤도를 잡았다.

아마 이번 사건이 더욱 계기가 된 것이리라.

덕분에 루크도 자신의 수련에 쏟을 수 있는 시간이 더욱 많아졌다.

이대로라면 슈넬덴 산에 오르는 것도 머지않아 가능하겠지.

'말 나온 김에 수련이나 하러 가자.'

식사를 마친 루크는 곧장 백은관으로 향했다.

그의 발걸음은 며칠 전에 비해 훨씬 가벼워 보였다.

"여섯 개."

쿵!

테오는 전보다 훨씬 부드럽게 바벨을 내려놓았다.

호흡이 부족해 숨을 몰아쉬긴 해도, 이전처럼 너덜거리는 모습은 보이지 않았다.

이제 확실히 동작에 익숙해진 것 같았다.

"오늘은 성공했네."

루크가 무미건조한 목소리로 말했다.

테오는 그런 그의 반응에 입을 삐죽거렸다.

"반응이 겨우 그게 다냐?"

"당연히 해야 하는 걸 했는데 무슨 반응이 더 필요해?"

"매정한 놈."

말은 그렇게 했지만, 루크는 속으로는 만족하고 있었다.

테오의 근육이 예상보다 마나를 훨씬 잘 받아들이고 있었기 때문.

확실히 재능이라는 게 무섭긴 무서웠다.

기초는 이 정도면 충분했다.

이제 연구실에서 비전 연구를 마치기를 기다리기만 하면 될 것 같았다.

슈넬덴의 진수가 담겨 있는 진짜배기 비전을 배운다면, 오우거 등에 날개를 다는 격일 테지.

그것도 잘해 낸다면 그땐 비로소 루크가 생전에 전수하지 못한 새로운 코어 형성법을 알려 줄 수도 있을 것이다.

루크는 얼른 그날이 오기를 바랐다.

"오늘 운동은 여기까지만 할까?"

"벌써? 아직 운동한 지 1시간밖에 안 됐잖아."

테오의 목소리에선 아쉬움이 묻어났다.

"내가 할 일이 있어서."

"너 요즘 들어 운동하는 데에 좀 소홀해진 것 같은데, 그러다 나한테 큰코다쳐."

"형님과 달리 난 할 일이 많거든."

"무슨 할 일? 집안일은 하녀들이 해 줄 텐데. 넌 내 운동만 봐주면 되잖아."

"요즘 우리 집안 긴축재정인 거 몰라? 형님이니까 하녀까지 있는 거지, 소월관엔 집사밖에 없어."

"그렇게 사람이 부족하면 라히츠한테 도와 달라고 말해 둘게."

도대체 평소에 라히츠를 어떻게 생각하면 저런 말이 튀어나올까.

루크는 속으로나마 라히츠를 애도했다.

"집안일 말고도 할 일이 많아."

"무슨 일?"

"가문을 위한 일."

"그게 뭔데?"

"동생의 사생활을 너무 알려고 하지 마."

"그럼 나 한 세트만 더 보조해 주고 가!"

"바빠."

루크는 몸을 빙글 돌렸다.

그러다 뭐가 생각났는지 다시 테오를 보았다.

"왜? 한 세트 더 해 주게?"

"아니, 조만간 나 남들 몰래 외출할 건데 그거 라히츠에게 잘 숨겨 달라고."

"갑자기 무슨 외출이야? 그럼 내 운동은 어떡하고? 그 외출 허락 못 한다."

"왜, 내가 없으면 심심할까 봐?"

"뭐, 뭔 소리야!"

"그런 것 같은데?"

"내 운동 때문에 그런 거야. 무슨 다른 뜻이 있다고……."

"아, 그래?"

"그 표정은 뭐냐? 아무튼 외출 허락 못 해."

"내가 외출하는 걸 형한테 허락까지 받을 필요가 있나?"

루크는 빙긋 웃었다.

"그리고 나한테 지시하려면 대련에서 이기든가."

"젠장, 내가 억울해서라도 저 자식 한번 잡고 만다."

테오는 툴툴거리며 다시 바벨을 들었다.

그 목표를 이루기 위해서는 지금보다 훨씬 더 많은 수련이 필요하다는 걸 알았기 때문이다.

얼마나 더 운동을 했을까.

이번에는 다른 인기척이 느껴졌다.

처음에는 루크인가 싶었지만, 발걸음조차 숨기지 못하는 녀석이 루크일 리 없었다.

그의 예상대로 그 인기척의 정체는 루크가 아닌 하녀였다.

"테오 도련님, 마룬 도련님에게서 서신이 왔습니다."

"내가 운동할 때는 서신 안 본다고 했잖아."

"죄송합니다. 그런데 그쪽에서 워낙 급한 서신이라 해서요."

예전 같았으면 당장 손찌검이 날아왔을 대답.

하녀는 저도 모르게 눈을 질끈 감았다.

그러나 테오는 한숨을 내쉬며 손을 내밀 뿐, 별다른 반응은 없었다.

그녀가 조심스럽게 서신을 건넸다.

　[친애하는 테오 슈넬덴 경, 노던에서는 보기 드물게 따스한 날이 계속되는 시기입니다. 경과의 관계를 시기한 설풍이 옷깃에 스미지 못하도록 마음을 더욱 덥혀야 하지 않겠습니까……?]

서신의 내용은 온갖 미사여구로 가득했지만, 요약하자면 여름이라 날도 좋으니 술 마시고 놀자는 것이었다.

술이라는 말에 순간 그의 눈이 반짝였다.

저번에 몰래 노던으로 나갔다가 루크에게 걸린 이후로 두 달 넘게 한 방울도 입에 대지 못했다.

'이 녀석들이 이렇게나 부르니까 한번 가 볼까?'

그런 생각이 들 때쯤, 예전부터 루크가 자주 하던 말이 떠올랐다.

　-술 한 방울에 근손실 0.1g이야. 어디 한번 맘껏 마셔 봐. 그만큼 더 운동하면 되니까.

그 말이 떠오르자 어딘지 모르게 몸이 뒤틀렸다.

이렇게 개고생을 해 가며 운동을 했는데, 그게 말짱 도루묵이 된다니…….

술 생각을 한 것만으로도 벌써부터 몸에 근육이 빠지는 착각마저 들었다.

일단 몸을 다 만들 때까지만이라도 술을 참아야 하지 않을까.

생각이 거기까지 이르자 술에 대한 욕구가 현저히 줄어들었다.

아니, 오히려 술에 대해 혐오감마저 생기려 했다.

"안 되겠다. 이번 참에 나 술 끊는다고 딱 말해야겠어."

그는 벤치에서 벌떡 일어났다.

"나 노던으로 갈 거니까 준비해 둬."

"네, 알겠습니다."

하녀가 먼저 청상관으로 돌아갔다.

그리고 테오는 술 생각을 한 것에 대한 죄책감을 떨치기 위해 벤치 프레스 한 세트를 더 한 후에야, 비로소 백은관을 떠났다.

루크가 자기 방에서 나온 건 저녁이 다 되어 갈 때쯤이었다.

그의 몸은 땀으로 푹 젖어 있었다.

마치 고된 수련을 마친 기사 같은 모습.

종일 마나를 연공하느라 이렇게 된 것이다.

원래는 좀 더 할 생각이었으나, 신경 쓰이는 게 있어서 그러지 못했다.

'테오가 아직 안 돌아왔네?'

본가에서 테오의 기운이 전혀 느껴지지 않은 것이다.

오전에 노던으로 나가더니 아직 돌아오지 않은 모양이었다.

'왠지 불길한데.'

루크는 곧장 청상관으로 향했다.

마침 하녀가 정원을 쓸고 있었다.

"둘째 도련님, 안녕하세요? 오늘은 검술 수업 없지 않으신가요?"

"어, 그냥 형님 한 번 보러 온 건데, 지금 안 계시는가 보네. 어디 갔나?"

"그게…… 도련님은 운동을 마치고 노던으로 가셨습니다."

"설마, 또 술이야?"

"친우분들께 술 끊는다고 말할 거라 하시며 가긴 했어요."

"흠……."

아마 그 말은 사실일 것이다.

과거 테오 같은 녀석들을 여러 번 키워 본 적이 있었기에 알 수 있었다.

문제는 그가 아직 돌아오지 않았다는 것.

고작 이야기를 전하는 것이었다면 늦어도 지금쯤 도착해야 했다.

"그런 것 치고는 좀 오래 걸리네."

"저녁 시간 전까지는 올 거라 하셨는데……."

"라히츠 경은 함께 갔어?"

"라히츠 님께서는 오늘 방벽 근무가 있어서 동행하지 않으셨습니다."

암담했다.

혈족의 검술 교관씩이나 되는 이가 방벽 근무까지 돌아가며 해야 하다니.

원래 삼류 가문일수록 한 명이 여러 일을 해야 하는 법.

지금의 슈넬덴이 딱 그 꼴이었다.

"그럼 내가 대신 가 봐야겠네."

"괜찮으시겠……네요."

그녀는 습관적으로 루크를 말리려다 말았다.

현시점 저택에서 테오를 가장 잘 다루는 이가 간다는데 뭐가 걱정이겠는가.

"알려 줘서 고마워. 그럼 다음에 봐."

루크는 곧장 노던으로 향했다.

그가 이렇게까지 서두르는 이유는 왠지 모르게 불안한 예감이 들어서였다.

노던의 양아치들쯤이야 쉽게 제압할 수 있는 테오에게 무슨 걱정이 있겠냐마는.

그럼에도 이런 불안한 예감은 틀린 적이 없었다.

※

루크는 노던에 도착하자마자, 슈넬덴의 기운을 쫓았다.

전보다 훨씬 강한 기운이 풍겨 왔다.

아마도 고된 수련으로 인한 효과이리라.

루크는 내심 만족하며 그가 있는 곳으로 향했다.

'저놈은 뭐야?'

그곳엔 테오와 웬 적갈색 머리의 소년이 있었다.

그리고 그 주변으로는 기사로 보이는 녀석도 몇 명 보였다.

'보아하니 친구는 아닌 것 같고.'

"내가 눈에 띄지 말라고 했지? 왜, 아직도 여기가 너희 도시 같냐?"

적갈색 머리가 비아냥거렸다.

루크는 당장에 녀석의 얼굴에 펀치가 날아가지 않을까 걱정했다.

그가 아는 테오라면 그러고도 남을 녀석이었으니까.

그러나 웬일로 테오는 움직이지 않았다.

'아니, 못 하는 건가?'

자세히 보니 테오가 곤란해하고 있는 것 같았다.

'적갈색 머리에 기사들까지 대동한 애송이면…… 저쪽은 샤룬인가?'

이 정도 소란에 주둔병이 움직일 생각조차 안 하는 걸 보면 아마 맞을 것이다.

루크가 분석을 하는 동안에도 샤룬의 도련님은 멈출 생각을 안 했다.

"대답도 없네? 이거 그냥 내가 확 아빠한테 말해 버려?"

"너희 가문 대단한 거 알겠으니까 그만하자."

"왜, 꼽냐? 그럼 그때처럼 날 패 봐. 어떻게 되는지 한번 보자고."

녀석은 이젠 아예 얼굴을 들이댔다.

테오의 주먹이 부들부들 떨렸다.

누가 보더라도 인내심이 한계에 치달은 것 같은 모습이었다.

그러나 녀석은 자신이 절대 맞을 일이 없다고 확신하고 있었다.

그 확신은 맞았다.

적어도 그 목소리가 들려오기 전까지만 해도.

"그래, 그럼 그러자."

뻐억—!

눈 깜짝할 사이, 녀석의 얼굴이 뭉개지며 바닥을 뒹굴었다.

"어, 어……."

너무 놀라서인지 그는 뺨을 부여잡고 그대로 굳어 버렸다.

바로 앞에는 한 소년이 보였다.

거적때기로 대충 가린 탓에 얼굴을 확인할 수 없었지만, 목소리만 들어도 나이를 짐작할 수 있었다.

"패면 어떻게 되는지 보자면서? 이렇게 되는 거였네."

"뭐, 뭐? 야, 너희들은 나 안 지키고 뭐 해!"

녀석이 뒤에 있던 기사들을 보며 외쳤다.

스릉—!

"웬 놈이냐!"

"감히 분이 누구이신 줄 알고!"

기사들이 검을 뽑으며 위협을 해 왔다.

그러나 루크가 봤을 땐 저놈들을 다 합치더라도 테오보다 약했다.

보아하니 정식 기사는 아니고 견습 기사 정도로 보였다.

하긴 고작 골목대장 놀이를 하는데 정식 기사까지 붙이면 샤룬의 체면도 살지 않았을 테니까.

"대충 샤룬 쪽 사람 같은데, 얼마나 대단하신 분이길래 슈넬덴의 장남에게 이따위로 굴어?"

"이분은 대샤룬 가문의 삼대독자이신 랑켈 샤룬 님이시다."

"아, 그래서 이 소동이 났는데도 주둔병이 안 오는 거구나?"

"흐흐, 내 정체를 듣고 나니 이제야 겁이 나냐?"

랑켈이 슬며시 일어나며 말했다.

기사들의 등장에 다시 자신감이 생긴 모양이었다.

"당장 무릎을 꿇으면 즉결 처형만은 피하게 해 주지."

"그러니까 당분간 누가 여기로 올 일은 없다는 거네?"

씨익.

오히려 루크의 눈꼬리가 휘어졌다.

그 웃음이 어찌나 서늘한지 랑켈은 저도 모르게 한발 물러섰다.

"어, 어, 어디서 허세를 부려? 너 같은 놈은 좀 맞아야 정신을 차리지."

"맞아야 정신을 차린다라……."

루크도 동의의 의미로 고개를 끄덕였다.

매가 약이다,

그가 줄곧 입에 달고 살던 말이 아니던가.

"맞는 말이네."

"뭐?"

"너희가 나한테 맞는 말."

콱!

그와 동시에 루크의 발이 기사의 머리를 후려쳤다.

휘리리릭-!

그의 몸은 마치 바람개비처럼 회전하며 땅바닥에 널브러졌다.

입에서는 거품이 보글보글 나왔다.

"……."

다른 기사들은 눈 깜짝할 사이에 일어난 일에 입을 뻐끔거렸다.

"고마워."

루크는 바지에 묻은 먼지를 툴툴 털며 말했다.

"몸이 좋으면 머리가 고생을 안 하는 법인데……."

루크의 눈은 아이보다도 순수하게 빛났다.

"요즘 어울리지도 않게 머리를 썼더니 그 단순한 사실을 까먹었나 봐. 그걸 너희가 이렇게 알려 주네."

그는 손목을 풀며 앞으로 걸어갔다.

"네놈을 즉결 처형하겠다."

기사들은 허리에 찼던 검을 뽑아 들며 그를 위협했다.

"쟤들 큰일 났네……."

이 싸움이 어떻게 끝날지 아는 건 오직 테오 슈넬덴, 한 명뿐이었다.

잠시 후.

"ㅇㅇㅇㅇ."

"으어."

"크어어."

샤룬가의 기사들은 바닥을 뒹굴고 있었다.

신기한 점은 그들의 몰골이 의외로 멀쩡해 보인다는 것이었다.

그러나 멀쩡한 것은 그저 외관뿐.

그들의 근육과 뼈는 만신창이가 되어 있었다.

─아무리 견습 기사라도 만신창이가 되면 가문 차원에서 나설 수도 있는 거 아니야.

루크가 주먹을 휘두르기 직전에 내뱉은 말이었다.

바로 면전에서 그 말을 들은 기사들은 과거 존재했다던 마룡이 바로 루크가 아닐까 하는 생각마저 했다.

그러나 그건 그들의 착각이었다.

루크는 마룡보다 더 악독한 녀석이었기 때문이다.

"어, 뭐야. 아직 기절 안 했었네? 내가 힘 조절을 잘못했나?"

퍽, 퍽, 퍽.

그 기사는 몇 대를 더 맞고 나서야 기절했다.

"그럼 그다음은……."

루크의 시선이 다른 기사를 향하자, 그 기사는 기겁했다.

"무, 무슨 소리야! 나 기절했어! 기절했다고!"

"기절한 놈이 말도 할 수 있나?"

"……."

"너도 잠깐만 자고 있어. 금방 끝날 거야."

퍽, 퍽, 퍽.

그 기사마저 기절한 후에야 루크는 몸을 일으켰다.

"나도 많이 죽었다. 두 명이나 한 방에 기절 못 시키다니."

고개를 절레절레 저은 루크는 테오에게 다가갔다.

"어디 다친 곳은 없어?"

"응. 나야 멀쩡하지."

"다행이네. 그럼 얼른 가자. 저녁 시간도 이미 지났어."

루크는 굳이 이 자리에서 상황을 물어보지 않았다.

어차피 이야기할 시간은 많았으니까.

"그렇긴 한데……."

테오의 시선이 기절한 랑켈을 향했다.

여전히 그를 신경 쓰고 있는 듯했다.

'아, 그냥 가지.'

그러나 기절한 척하고 있던 랑켈은 그 시선이 불편했다.

저 복면 괴인에게 맞은 자리가 여전히 지끈거렸고, 이제 슬슬 다리에 쥐가 날 것 같기도 했다.

누군지도 모르는 녀석에게 이러는 게 자존심이 상하기도

했지만, 지금 당장은 어쩔 수 없었다.

그는 저놈이 기절 안 한 기사들을 어떻게 하는지 똑똑히 봤다.

저 잔인한 손속을 보면 자신이 샤룬 가문의 삼대독자라고 해도 봐주지 않으리라.

'일단 지금은 이렇게 넘어가고 가문으로 돌아가는 대로 저 자식을 족쳐 버려야지.'

그가 그렇게 생각하고 있을 때였다.

복면 사내가 점점 이쪽으로 다가왔다.

"일어나."

"……."

설마 저게 자신보고 하는 말일까?

랑켈은 믿을 수 없었다.

아니, 믿고 싶지 않았다.

'떠보는 거겠지?'

부모님들이 자고 있는 아이에게 '안 자고 있는 거 다 알아.'하고 넌지시 묻는 것처럼 말이다.

그러나 그건 순전히 그의 희망 사항일 뿐이었다.

"이름이 삼대독자 랑켈이라고 했지? 일어나라고. 셋 센다, 하나, 둘……."

"크흠…… 그냥 랑켈이야."

결국 랑켈이 고개를 빼꼼 들었다.

"잠깐 나 좀 보자."

"나 이미 많이 맞았어. 가문에는 말 안 할 테니까 더는 때리지만 마."

그는 기겁하며 뒤로 물러섰다.

조금 전 그 비아냥거리던 녀석이라고는 믿을 수 없을 정도였다.

"안 때릴 거야."

"정말?"

"아니, 애초에 내가 때린 적이 있었던가?"

"뭐? 지금 네가 이 꼴을 만들었잖아."

"무슨 소린지 모르겠네. 난 그런 기억이 없는데."

"그게 무슨 개소리……."

"넌 뭔가 기억이 나나 보네."

우드득.

루크가 손가락 관절을 풀었다.

"원래 머리를 좀 맞으면 기억이 바뀐다고 하던데. 내가 좀 도와줄까?"

그제야 랑켈은 지금 루크가 하는 말의 의미를 알아들었다.

세상에 저렇게 양아치 같은 놈이 있다니!

랑켈은 주둔병들에게 소란이 나도 이곳으로 오지 말라고 명령한 것을 한탄했다.

지금 저놈의 표정으로 봐서는 정말로 이 자리에서 자신을 죽이 수도 있을 것 같았다.

"아, 아니, 생각해 보니 그런 것 같네."

"그렇지?"

"그러게."

"혹시나 집에 가는 길에 다른 기억이 떠오르지 않으면 좋겠다. 그러면 내가 정말 널 치료해야 할 테니까."

"무, 무, 물론이지! 그럴 일은 없을 거야."

"그럼 조심히 가. 주둔병한테는 네가 말 잘해 주고."

루크는 손을 흔들어주고는 테오를 데리고 돌아갔다.

그가 시야에서 완전히 벗어날 때까지도 랑켈은 그 자리에서 굳어 있었다.

어느새 해가 지고 달빛이 슈넬덴 산을 비스듬히 비췄다.

작은 마차 한 대가 달빛을 등지고 산을 오르고 있었다.

"쟤가 샤룬가의 삼대독자라고 했나?"

루크가 슬며시 입을 열었다.

"쟤네한테 뭐 약점이라도 잡혔어? 무슨 일로 그 성질을 참았대?"

"약점…… 잡혔지."

"무슨 약점인데?"

"그게……."

그는 1년 전 랑켈과 다툼이 있었다고 했다.

여느 때와 똑같이 노던에서 술판을 벌이다가 랑켈과 시비가 붙었다.

당시만 하더라도 눈에 뵈는 게 없었던 테오는 랑켈을 피떡으로 만들어 버렸고, 이에 샤룬가의 가주가 노발대발하며 본가를 찾아간 것이다.

당장 빌린 돈을 갚지 못하면 본가의 건물을 모조리 뜯어 갈 거라고 협박하면서.

그날 율리안은 온갖 굴욕을 무릅쓰고 사과한 끝에 겨우 그를 돌려보냈다.

"허, 샤룬에게 노던을 빼앗긴 것도 모자라 이젠 빚까지? 얼마나 있는데?"

"구체적인 액수까지는 잘 몰라."

테오는 고개를 저었다.

하긴 가문 사정에 눈곱만큼도 관심 없던 망나니가 빚의 규모까지 정확히 알 리가 없었다.

"어쨌든 처음엔 그렇게 큰돈이 아니었어."

"처음엔?"

"그 악랄한 새끼들이 우리가 필요한 자금줄을 다 막아 버리더니, 그때부턴 자기들에게 고리로 돈을 빌리게 했지."

"이자를 얼마나 받았는데?"

"잘은 몰라도 마지막에는 연이율이 100%는 됐을걸."

뿌득.

루크의 이빨이 부서질 듯 갈렸다.

"아니, 다른 놈도 아니고…… 샤룬이 그딴 짓을 한다고?"

루크는 그 점이 더욱 열 받았다.

소위 명문가라 불리는 이들은 여러 봉신 가문을 두고 있었다.

그들은 명문가의 도움을 받아 영지의 안위를 지키고 자신들의 지위를 유지했다.

슈넬덴에도 그런 봉신 가문들이 있는 건 당연할 터.

샤룬 가문이 바로 그중 하나였다.

과거 슈넬덴은 그들에게 병력, 식량, 금전 할 것 없이 많은 도움을 주었다.

그건 루크가 가주였던 시절에도 마찬가지였고.

그런데 그런 놈들이 이제 와서 뭐?

연이율 100%가 넘는 말도 안 되는 이자를 매겨?

지금 그 이야기를 듣고 열을 받지 않을 수가 있겠는가?

"그러니까 너 오늘 실수한 거야."

테오는 몸을 부르르 떨며 말했다.

"아마 저놈들이 며칠 안에 차용증을 들고서 본가로 들이닥칠걸."

"내가 그렇게 주의를 시켰는데도?"

"그딴 게 무슨 상관이야. 어차피 가주끼리 나서면 우리는 아무것도 못 하는데."

"하긴."

루크의 여유로운 태도에 테오는 순간 욱하는 마음이 올라왔다.

아들놈이 휘두른 주먹 때문에 또다시 아버지가 굴욕을 감수하게 생겼는데, 정작 장본인은 저렇게 태평한 꼴이라니.

"그래도 그 정도 겁을 줬으니 바로 쪼르르 가서 말하진 못하겠지. 잠깐 시간 버는 거로 충분해."

"무슨 말이야?"

"내가 설마 아무 생각도 없이 몸부터 썼겠어?"

'그런 거 아니야?'

물론 테오는 그 말을 입 밖으로 꺼내지 않았다.

그 말을 뱉으면, 조금 전 랑켈을 향했던 주먹이 이번엔 자신에게 날아올 수도 있을 테니까.

"지금 그런 거 아니냐고 생각했지?"

"아, 아니?"

"얼굴에서 다 티 나는데?"

"아니야, 진짜."

"뭐 됐어."

루크는 몸을 쭉 늘어뜨렸다.

그에게선 여전히 여유가 넘쳐 보였다.

"아침에 말했던 외출 있지?"

"응."

"그거 당장 좀 다녀와야겠어."

이런 상황에서 외출이라니.

테오의 표정이 확 굳어졌다.

"지금 이 상황에서 너만 도망치겠다고?"

"설마. 말했잖아, 생각해 둔 수가 있다고."

"그 수가 뭔데?"

"그건 못 말해 주겠다. 그리고 나 외출 나간 건 딴 사람한 텐 비밀로 해 줘."

루크는 끝까지 알 수 없는 말만 했다.

그러나 어째서인지 테오는 안심이 되는 것 같았다.

분명 별수가 없을 텐데도.

이 근거 없는 안도감의 정체는 무엇이란 말인가.

"며칠 동안이나?"

"빠르면 이틀. 늦어도 삼 일."

"그 정도면 내가 라히츠한테 훈련하기 싫다고 드러누우면 되겠네."

"좋은 방법이야. 좀 부탁할게."

"알았으니까 마차나 빨리 몰아. 정문 폐쇄 시간까지 얼마 안 남았으니까."

"예, 예. 그럽지요."

루크는 옅은 미소를 짓고는 다시 마차를 몰았다.

⚜

다음날 새벽.

루크는 일찌감치 일어나 가방을 챙겼다.

가장 먼저 들어간 것은 방한용품이었다.

그 위로는 육포 같은 식량과 약초들, 로프 등이 채워졌다.

누가 보더라도 어디 위험한 곳으로 여정을 떠나는 모험가의 배낭 같은 모습.

그걸 본 루크는 작게 한숨을 내쉬었다.

'예전 같았으면 슈넬덴 산쯤은 그냥 산책 삼아 다녀와도 됐는데.'

그건 어디까지나 200년 전 루크 슈넬덴일 때의 기준이었고, 지금의 루크는 이 정도로 준비해도 성공을 확신하기 어려웠다.

테오에게는 길어야 삼 일이라고 했지만, 사실 그것도 확신할 수는 없었다.

지금의 마나 코어는 순수한 마나 덕분에 단기간에 폭발적인 화력을 낼 수는 있어도, 절대량이 적어 제한 시간이 뚜렷했으니까.

그래서 원래 계획은 한 달 정도 후에 출발하는 것이었다.

그동안 마나를 쌓는데 투자한다면, 산을 오르기에 넉넉한 마나를 준비할 수 있었을 텐데.

'어쩌겠어. 내일 당장이라도 샤룬 놈들이 쫓아올 수도 있다는데, 조금 서둘러야지.'

쯧.

루크는 본인이 처한 상황에 혀를 차며 소월관을 나왔다.

이른 시간이었기에 당연히 아무도 없을 거라 생각했는데…….

예상과 달리 정문엔 누가 나와 있었다.

사실 루크도 방을 나서기 전부터 누군가 밖에서 기다리고 있다는 것을 알았다.

매우 익숙한 기운이 정문 앞에서 맴돌고 있었으니까.

"고작 이틀짜리 외출을 나가는데 가방엔 뭐가 그렇게 들었어?"

테오가 천연덕스럽게 물었다.

"가는 길에 필요한 물건들."

"그러니까 어딜 가는데 그런 게 필요한 거야?"

"좀 험한 곳으로 가거든."

"이런 상황에서 험한 곳이라니."

테오는 집요하게 물어보고 싶었지만 그러지 않았다.

계속 물어 봤자 보나 마나 '듣고 싶으면 나랑 대련해서 이기든가.'라고 말할 게 뻔했으니까.

'이런 게 억울해서라도 저놈을 이겨 먹어야 하는데.'

테오는 루크를 째려보며 생각했다.

"그럼 다녀올게. 나 없다고 운동 빼먹지 말고. 근손실 난다."

"너 이겨 먹을 때까지는 운동할 거니까 걱정하지 마."

루크는 만족스러운 듯 웃고는 꾸벅 고개를 숙였다.

테오는 늘어지게 하품을 하고는 돌아가 버렸다.

소월관의 앞에는 새가 지저귀는 소리만이 남았다.

'그럼 가 볼까?'

루크도 발걸음을 옮겼다.

그가 가는 방향의 끝에는 높게 솟은 슈넬덴 산이 보였다.

그곳은 험준한 지형과 혹독한 기운, 위험한 야생동물들이 득실거리는 곳이었다.

'그리고 내 무덤이 있는 곳이기도 하고.'

루크는 슈넬덴 산을 바라보았다.

아직 어스름이 가지 않아서인지 슈넬덴 산은 유독 으스스해 보였다.

'그놈들이 차용증을 들고 나타나기 전에 일을 해결하려면 서둘러야지.'

루크는 가방을 고쳐 매고는 슈넬덴 산으로 향했다.

막 뜨기 시작한 햇빛이 그런 그의 뒷모습을 비췄다.

샤룬 가문.

과거엔 슈넬덴의 봉신 가문 중 하나였지만, 현재는 오히려 북방의 가장 큰 도시 중 하나인 노던을 관리할 정도로 위세가 커졌다.

그 비결은 빠르게 슈넬덴을 손절하고 코넬리오 쪽으로 붙기로 한 결정이었다.

사람들은 샤룬을 보고 약삭빠르다며 욕했으나…….

지금을 보라, 샤룬은 이제 북부의 맹주 가문이 될 야망을 꿈꾸게 되었지 않은가.

이건 현 샤룬의 가주 베르너 샤룬에게는 오히려 자랑스러운 일이었다.

특히 이렇게 관청 옥상에서 노던을 보고 있노라면, 조상들의 선택에 절이라도 해 주고 싶어졌다.

'노던을 넘어 장차 북부를 모두 내 발아래 두리라.'

그가 매일같이 하는 다짐을 마치고서 옥상에서 내려왔다.

"아버지."

내려와 보니 자신이 끔찍이도 아끼는 독자, 랑켈이 그를 기다리고 있었다.

"오, 랑켈. 무슨 일이냐? 이 아비가 보고 싶었던 게야?"

"그럼요."

"어이구, 우리 아들. 표정을 보니 그저 아비가 보고 싶은 것만은 아닌 것 같은데?"

"어떻게 아셨어요?"

"말해 보거라. 또 누굴 때렸니? 괜찮다. 그런 건 신경 쓰지 말래도?"

그는 랑켈의 어깨를 톡톡 두드려 주었다.

"어차피 이 노던은 내 것이며 곧 너의 것이 될 게 아니더냐. 주인이 주인 행세를 하는 건 전혀 이상한 게 아니야."

"그건 아니에요."

"그래? 그럼 무슨 일이니? 내게 말해 보거라."

랑켈의 머릿속엔 루크의 표정이 떠올랐다.

당장이라도 자신을 죽여 버릴 것 같던 그 섬뜩한 표정.

부르르르.

그 표정을 떠올리는 것만으로도 몸이 떨려 왔다.

그러나 그는 용기를 냈다.

'그래! 그래 봐야 그 녀석도 슈넬덴 사람이잖아. 테오 슈넬덴도 꼼짝 못 하는데 그 새끼라고 별수 있겠어?'

분명 아버지는 그놈을 자신 앞에 무릎 꿇려 줄 것이다.

그렇게 생각하니 루크가 했던 경고도 별게 아닌 것처럼 느껴졌다.

"얼마 전에 슈넬덴 놈들과 다툼이 있었어요."

"슈넬덴과? 분명 내가 그러지 못하도록 단단히 일러 뒀건만. 이번에도 테오 그놈이냐?"

"네, 그놈 패거리였어요."

랑켈은 환락가에서 있었던 일을 전부 말했다.

기사가 나가떨어졌다고 할 때는 기사들 실력이 부족하다며 혀를 차더니, 그가 맞았다는 대목에서는 베르너의 얼굴이 시뻘게졌다.

"감히 내 뒤를 이을 장남을 건드려?"

"저에게 예전 같았으면 얼굴도 못 쳐다봤을 놈이라고까지 했습니다."

늘 그렇듯 약간의 과장도 섞었다.

그랬더니 역시나 효과는 확실했다.

"이놈들이! 시대가 시대이거늘, 아직도 200년 전이랑 똑같다고 생각하는 모양이지?"

베르너는 곧장 자신의 집무실에 있는 금고로 달려갔다.

몇 가지의 잠금 마법을 풀자 금고 문이 열렸다.

금고 안엔 종이가 빼곡히 들어 있었다.

쑤욱.

그는 익숙한 듯 슈넬덴의 이름이 적힌 종이를 빼 들었다.

그것은 슈넬덴이 빌린 돈에 대한 차용증이었다.

'그렇지 않아도 노던에서 슈넬덴을 완전히 쫓아내고 싶었는데, 잘됐구나.'

아무리 자신들이 현재 노던을 관리하고 있다고 해도, 노던 사람들은 아직도 슈넬덴을 기억하고 있었다.

그러니까 슈넬덴 놈들이 기고만장해서 금쪽같은 장남에게 손을 대는 것 아니겠는가.

이참에 시대가 완전히 바뀌었음을 똑똑히 보여 줄 필요가 있었다.

'코넬리오도 슈넬덴에 사람들을 더 심고 싶어 하는 것 같던데.'

랑켈로 인한 분노와는 별개로 그의 머리는 빠르게 돌아가고 있었다.

십수 년 전, 슈넬덴에게서 노던을 뺏어올 때도 비슷했다.

코넬리오는 슈넬덴이 서서히 무너져 자신들에게 의지하기를 바라고 있었다.

그리고 그 니즈를 파악하고 빠르게 행동한 이가 바로 베르너 샤룬.

그는 빚 독촉으로 슈넬덴을 압박하면서도 슈넬덴이 돈을 끌어올 수 있는 모든 루트를 막았다.

그때도 코넬리오가 그 과정을 은근히 도와줬었고, 그 덕에 샤룬은 노던을 삼켜 버릴 수 있었다.

그리고 이번에도 코넬리오가 움직이려 하고 있었다.

다시 말해 노던을 먹었을 때와 비슷한 기회가 주어졌단 의미.

'이번에는 뭘 가지고 올 수 있을까?'

베르너의 입가엔 비릿한 미소가 걸렸다.

슈넬덴의 관리하에 있는 도시도 꽤 매력적인 먹잇감이었다.

노딘보다야 못하다지만, 그런 도시를 많이 먹을수록 북방에서의 입지가 더 공고해질 테니까.

하지만 그가 탐을 내는 쪽은 따로 있었다.

'슈넬덴의 학자들이 꽤 유능하다지?'

워낙 지원이 없는 탓에 연구 성과가 거의 나오지 않아 잘 알려지지 않은 사실이었다.

그러나 알 만한 사람들 사이에서는 이런 말이 나돌고 있었다.

　－슈넬덴 학자들을 데리고 온다면 주석서를 해석할 수 있을 것이다.

슈넬덴의 비전을 완전히 해석할 수 있다니.

그게 가능하다면 샤룬은 돈뿐만 아니라 무력마저도 손에 넣게 될 것이다.

그 생각을 하니 벌써부터 손발이 떨려왔다.

'그렇게 되면 샤룬은 비단 북부가 아니라 대륙 전체에서 손꼽히는 명문가가 될 수 있겠지.'

슈넬덴 학자들에 대한 소문이 사실이 아니어도 상관없었다.

어차피 슈넬덴은 자신들에게 금전적으로 종속된 있는 몸.

나중에 가서 다른 걸 더 뽑아 먹어도 될 테니까.

'일단 코넬리오 쪽에 말해 놓고 얼른 움직여야겠군. 생각만 해도 참을 수가 없잖아.'

베르너는 그날 곧장 코넬리오가로 연락을 넣었다.

🕷

슈넬덴 산은 그레이틴 산맥에서 뻗어 나온 산 중 하나였다.

워낙 험준한 탓에 찾는 이가 거의 없는 산이기도 했다.

그나마 본가가 위치한 산 아래면 몰라도 중턱부터는 사람의 흔적을 거의 찾아볼 수가 없었다.

오직 풍부한 마나 탓에 몬스터에 가까워진 야생동물만이 서식할 뿐.

그리고 지금 루크의 앞에는 그 몬스터에 가까운 야생동물 무리가 있었다.

샤벨 울프.

크고 우람한 엄니, 평범한 늑대보다 훨씬 큰 덩치와 빠른 속도를 가진 종이었다.

'얘네들이 원래 이렇게 컸었나?'

열다섯 살 소년의 눈으로 보니 샤벨 울프의 덩치가 훨씬 더 위협적으로 느껴졌다.

크르르르…….

그렇지 않아도 굶주렸던 배를 채워 줄 먹이를 발견해서인지, 샤벨 울프들은 침을 뚝뚝 흘리며 다가왔다.

그들의 눈에 루크는 그저 먹잇감에 불과했다.

"하다 하다 이젠 늑대한테도 무시당하네."

지금 그의 몰골을 본다면 샤벨 울프가 아니라 노던의 들개조차도 그를 무시했을 것이다.

겉으로 보기에 그는 아직 여물지 않은 소년의 몸이지 않은가.

그러나 녀석들이 조금만 지능이 있었더라면 그를 단순한 먹잇감으로 보진 않았을 것이다.

평범한 열다섯 살짜리 소년이라면 애당초 이곳까지 올라오지도 못했을 테니까.

우우웅—!

두 개의 코어가 공명했다.

공명을 거듭한 마나는 점차 크기를 키우더니, 그가 들고 있던 검으로 뻗어 갔다.

크워어어어어!

심상치 않음을 느낀 샤벨 울프들이 일제히 달려들었다.

저 거대한 엄니에 스치기만 해도 루크의 몸은 갈가리 찢기고 말리라.

하지만 루크는 여전히 무심한 눈으로 녀석들의 아가리를 바라보고 있었다.

"이쯤이면 되려나?"

샤벨 울프들이 한 시야에 담기는 순간.

부웅-!

루크의 검이 휘둘렸다.

동네 대장간에 수십 개는 걸려 있을 것 같은 평범한 검.

그 검에서 한기가 뻗어 나왔다.

촤아아아악-!

쿠와아아앙!

샤벨 울프의 흰색 털이 붉게 물들더니 일제히 쓰러졌다.

이제는 슈넬덴의 그 누구도 기억하지 못하는 기술.

설풍검의 첫 번째 눈송이가 아무도 오지 않는 슈넬덴 산에서 다시금 재현되었다.

"쯧……."

정작 그 검을 재현한 루크의 표정은 못마땅했다.

기술 한 번에 저릿해지는 마나 코어, 그리고 덜덜 떨리는 자신의 손 때문이었다.

'아직 설풍검을 사용할 정도는 안 되는구나.'

단 일격에 샤벨 울프 열 마리를 쓰러뜨린 사람이 할 소리는 아니긴 했다.

지금 슈넬덴의 가신 기사들 중 이 정도의 무위를 보여 줄 수 있는 이는 드물었으니까.

하지만 일격으로 마물 수백 마리를 베어 버리던 루크로서
는 아쉬울 수밖에 없었다.

'하다못해 검만 좀 괜찮았어도 이것보단 나았을 텐데.'

도구를 탓하지 않기엔 지금 가진 검의 마나 전도율은 너무
나 비효율적이었다.

하지만 어쩌겠는가.

이 검이 지금의 슈넬덴에선 가장 흔하게 사용되는 무기인
것을.

'앞으로 남은 길도 많으니까 마나를 좀 더 효율적으로 써
야겠어.'

아직도 본격적인 슈넬덴 산의 초입일 뿐.

위로 올라갈수록 샤벨 울프보다도 훨씬 위험한 녀석들이
득실거릴 것이다.

그뿐일까.

지금은 진눈깨비 같은 이 눈도 점점 거세질 것이다.

'어두워지기 전에 얼른 올라가자.'

샤벨 울프의 사체들을 정리한 루크는 서둘러 산을 올랐다.

"아이고."

검을 휙휙 저으며 수풀을 헤치고 나온 이는 바로 루크였다.

그의 입에서 곡소리가 나온 이유는 간단했다.

몇 시간 동안 쉬지 않고 검을 휘두른 탓이다.

그의 몸 이곳저곳엔 상처가 보였다.

샤벨 울프, 워 베어, 자이언트 코요테 등.

슈넬덴 산의 동물들과 사투를 벌인 흔적이었다.

"진짜 죽겠네."

어느 멍청이가 제 무덤을 이리도 험한 데 만든단 말인가.

－가주님, 역대 가주님들을 모시는 회랑을 두고 어찌 이런 곳에 무덤을 만든다고 하십니까?

－이곳에선 그레이틴 방벽과 본가가 한눈에 보이잖아. 난 죽어서도 이곳에 묻혀 슈넬덴을 지킬 거야.

－그럼 여긴 누가 관리한답니까?

－슈넬덴의 기사쯤 되면 여긴 식후 산책이어야지.

－……그건 어디까지나 가주님의 기준이잖아요.

－이 정도도 안 돼? 너희 수련이 부족한 게 틀림없네.

과거 자신의 부하였던 칼린과 나눈 대화가 떠올랐다.

그렇다.

그 멍청이가 바로 루크 본인이었다.

'내가 미쳤지.'

루크는 200년 전 루크 슈넬덴을 원망했다.

하다못해 무덤을 조금만 밑에 만들었어도 이렇게까지 고생할 필요는 없었을 텐데.

하긴 누가 식후 산책 삼아 올라오던 동네 뒷산이 한순간에 목숨을 걸고 등반해야 할 거봉이 될 줄 알았겠는가.

'그래도 경치는 좋네.'

루크는 산 아래쪽을 내려다보았다.

마침 눈보라도 많이 그친 덕에 설산이 훤히 보였다.

그리고 그 길목을 막고 있는 그레이틴 방벽도 눈에 들어왔다.

　　－난 죽어서도 슈넬덴을 지킬 거야.

낯부끄럽게 되뇌었던 그 다짐이 절로 생각나는 광경이었다.

결국 그 다짐은 지키지 못했지만, 아직 기회가 없는 건 아니었다.

자신이 여기까지 온 것도 다 그 때문이 아니던가.

'일단 찾을 수 있는 것부터 되찾자. 그다음은 나중에 생각하고.'

루크는 몸을 돌렸다.

척 보기엔 침엽수만 가득한 숲.

지금껏 올라왔던 그 산길과 그리 달라 보이지 않았다.

그러나 루크의 눈에는 마나의 흐름이 왜곡된 지점이 똑똑히 보였다.

루크는 그 지점에 검을 꽂아 넣었다.

쑤욱-!

검 끝이 그 공간으로 빨려 들어갔다.

루크가 검을 돌리자 공간이 점점 일그러지기 시작했다.

곧이어 그의 눈앞엔 얼핏 유적지라고 오해할 만큼 거대한 건축물이 드러났다.

루크의 눈엔 묘한 감정이 서렸다.

'살다 살다 내가 내 무덤을 파게 될 줄이야.'

모든 것을 갖추었으나 그 주인만은 들이지 못한 비운의 무덤.

루크의 무덤이 200년간의 긴 잠에서 깨어난 것이다.

설풍의 회랑.

슈넬덴 본가에 있는 공동묘의 이름이었다.

본가의 공동묘라고 해서 슈넬덴에 몸담은 모든 이가 묻힐 수 있는 곳은 아니었다.

그곳에 묻히기 위한 자격 조건은 딱 한 가지.

출신 성분과 상관없이 오직 가문의 이름을 드높인 자만이 설풍의 회랑에 모셔지는 것이다.

여기에 예외는 없었다.

심지어 가주라고 해도 가문의 명예를 드높이지 못했다면 회랑에 이름을 올릴 수 없었다.

그런 명예로운 곳인 만큼, 슈넬덴의 무인이라면 누구나 그곳에 자신의 이름을 올리길 바랐다.

물론 그건 루크도 마찬가지.

루크는 생전에 일찌감치 설풍의 회랑에 오를 자격을 얻었다.

그도 그럴 것이 루크는 슈넬덴 역사상 가장 위대한 가주였으니까.

'그래도 내 진정한 무덤은 여기지.'

루크는 회랑보다도 이쪽 무덤에 더욱 마음이 갔다.

생전에도 죽음을 각오해야 할 전투가 있을 때면, 꼭 이곳을 들른 후에 출전했다.

죽음을 불사하고 전투를 치를 것이며, 전사하더라도 다시 이곳으로 돌아와 슈넬덴을 지키겠다고 다짐하는 나름의 의식이었다.

그러나 후손들은 이 무덤의 존재를 잊어버린 것일까?

현재 가문 내의 그 누구도 이 무덤을 모르는 것 같았다.

일전에 설풍의 회랑에 들러 자신의 묘를 본 적이 있었다.

다른 묘와는 달리 매우 허전했다.

그저 마룡 토벌 때 전사해서 생전의 무기를 찾을 수 없고,

유품도 사라져 버렸다고 적혀 있을 뿐.

생전의 무기야 그렇다 치더라도 유품이 어디로 사라졌는지까지 아무도 모른다니.

말도 안 되는 소리였다.

생전에 사용하던 유품들은 마룡 토벌 직전, 모두 이곳으로 옮겨 뒀었다.

마물들의 왕, 마룡 덴 호그는 지금껏 싸웠던 그 어떤 상대보다도 위험한 녀석이었다.

그땐 진심으로 죽을 수도 있다고 생각했었다.

그렇기에 미리 자신의 묘를 준비해 두고 간 것이다.

결과적으로 마룡에게는 이겼으나 가장 믿고 동경했던 친우에게 죽임을 당했지만.

'괜한 생각은 하지 말자.'

일단은 슈넬덴을 살리는 것이 우선이지 않겠는가.

루크는 잡념을 털어 버리고는 무덤 입구로 들어갔다.

여느 왕들의 무덤이 그렇듯, 통로에는 당시 슈넬덴의 역사나 루크의 업적들이 그려져 있었다.

사실 이건 루크가 원했던 설계가 아니었다.

-뭐 하러 이런 것까지 해. 그냥 소박하게 나 묻힐 곳만 만들어 두면 되지.

-아무리 그래도 가주가 묻히는 곳인데 가오는 살아야 하

지 않겠습니까? 훗날 후손들도 볼 텐데.

　─그냥 여기에 네 이름도 올리고 싶어서 그런 건 아니고?

　─꼭 그런 것만은 아니지만…… 그래도 가주님의 오른팔인 제가 빠지면 섭섭하긴 하겠죠?

　칼린의 적극적인 주장으로 이곳엔 이렇게 크고 웅장한 통로가 생긴 것이다.

　그가 이 통로에 얼마나 공을 들였냐면, 일단 통로 전체가 값비싼 대리석으로 되어 있었다.

　거기에 그림을 그릴 때 사용한 안료는 모두 보석을 녹여 만든 것이었다.

　이것만 해도 이미 그 어떤 무덤보다 화려할 텐데, 그는 여기서 한 발 더 나아갔다.

　천장에는 무려 1천 년이 지나더라도 통로를 환히 비출 수 있는 값비싼 마법 등도 있었다.

　'근데 왜 이렇게 주변이 어두워?'

　그러나 통로는 어둡기 그지없었다.

　지금 통로 안을 비추는 것이라고는 입구에서 새어 들어온 햇빛뿐.

　이마저도 좀 더 깊이 들어가면 아예 빛이 닿지 않을 것 같았다.

　'뭐야, 1천 년이 지나도록 밝게 빛날 거라더니.'

1천 년은커녕 200년도 버티지 못하다니.

칼린 녀석이 또 허풍을 떤 모양이었다.

늘 있던 일이었기에 별로 놀랍지도 않았다.

하긴 그도 루크가 200년 만에 살아 돌아와 제 무덤을 볼 거라고는 생각도 하지 못했을 테지.

"에휴."

루크는 하는 수없이 안력을 돋웠다.

눈에 마나가 돌기 시작하자 이제야 주변이 분간되기 시작했다.

그리고 마법 등이 박혀 있던 자리를 본 루크의 눈이 흔들렸다.

'이건…… 칼자국?'

1천 년이 가는 마법 등에는 온갖 보존, 보호 마법을 덕지덕지 발라 두기 마련이다.

당연히 웬만한 검으로는 흠집조차 낼 수 없을 터.

그런데 그 마법 등에는 선명하게 새겨진 이 한 줄은 분명 검의 흔적이었다.

비단 이 마법 등뿐만이 아니었다.

통로에 박혀 있는 모든 마법 등에 같은 검 자국이 생겨 있었다.

누가 봐도 의도적으로 마법 등을 파괴했음을 알 수 있는 흔적들.

그것도 단 일 검으로 이곳에 있는 마법 등을 일제히 부숴 버린 것이다.

설마하니 평범한 조문객이 이런 짓을 벌였을 리가 없다.

그렇다면 답은 하나.

이건 무덤에 침입한 괴한이 시야를 차단하기 위해 마법 등을 파괴했다는 것이다.

'가문 사람들도 모르는 이 무덤을 누가 노렸다는 거지?'

"흡."

루크는 숨을 죽였다.

빛이 부족한 탓에 이 흔적이 언제 생긴 것인지 확인할 수 없었다.

최악의 경우 침입자가 루크가 들어오기 직전에 들어왔을 수도 있었다.

척.

언제든 검을 뽑을 수 있도록 검에 손을 올린 채, 더 안쪽으로 들어가 보았다.

본당으로 들어가는 입구 앞.

그곳에서 루크는 이 흔적들의 진실을 알게 되었다.

'전투가…… 있었구나.'

열 한 구의 백골과 벽과 바닥에 파여 있는 수백 개의 검로가 그 사실을 증명했다.

복장을 보아하니 일 대 십의 대결이었으리라.

'어떤 놈들이 여기까지 침입한 거야?'

괴한들은 약식 갑옷을 입고 있어 그 소속을 알 수 없었다.

하긴 도굴꾼이 자기 소속을 알 수 있는 갑옷을 버젓이 입고 올 리도 만무했다.

루크는 그들에게 좀 더 가까이 다가갔다.

그러자 그들의 정체를 추측해 볼 만한 단서가 보였다.

'이 검로들은……!'

검로를 훑어본 루크의 눈에 핏발이 섰다.

여기저기 끊겨 있어서 명확하진 않았지만, 루크의 눈에는 익숙한 검로였다.

이렇게 패기 넘치고 선이 굵은 검로는 그가 아는 한 하나밖에 없었으니까.

'코넬리오가 이곳까지 왔을 줄이야!'

이제야 왜 자신의 무덤이 모두에게서 잊혀 버렸는지 알 것 같았다.

이 또한 코넬리오의 수작이었을 테지.

자신을 죽인 것도 모자라 이제는 자신의 무덤까지 도굴하려 했다니.

이놈들의 죄목이 하나 더 추가되었다.

'그렇다면 저쪽은…….'

루크는 문을 막고 서 있는 한 구의 백골에게 다가갔다.

슥, 슥.

갑옷에 낀 녹과 먼지를 털어 냈다.

'역시.'

오른쪽 가슴엔 슈넬덴의 인장이 선명하게 박혀 있었다.

루크는 이 백골의 정체가 누구인지 알 것 같았다.

오른쪽 어깨 연결 부위, 겉으로 잘 보이지 않는 곳에 작게 새겨진 또 하나의 문양.

칼린 헤로그의 본가, 헤로그가의 문양이 보였기 때문이다.

'칼린, 너였구나.'

루크는 눈을 지그시 감았다.

이곳에서 있었던 일들이 생생하게 그려지는 것 같았다.

200년 전.

슈넬덴이 내전으로 난리 통을 겪고 있던 때, 루크의 무덤이 있다는 정보를 입수하고 괴한들이 이곳을 침입했다.

그리고 그 괴한들에 맞서 목숨이 다할 때까지 가주의 무덤을 지켜 낸 한 명의 기사.

칼린은 임무를 완수한 채 이곳에서 홀로 죽어 간 것이다.

죽어서도 이 문만큼은 지키고 싶었던 것일까.

백골이 된 그의 손은 여전히 검을 움켜쥐고 있었다.

털썩.

루크는 그 앞에 무릎을 꿇었다.

'이제야 와서 미안하다.'

200년간 그 누구도 찾지 않은 밀실.

그는 이곳에서 홀로 죽어 가며 얼마나 외로웠을까.

이미 너무나도 늦었지만 이렇게라도 그의 혼을 기리고 싶었다.

'칼린, 너는 마땅히 설풍의 회랑에 이름을 올려야겠지.'

그러나 지금 루크의 상황에서 그렇게 해 줄 수 없었다.

그가 칼린 헤로그며 큰 공을 세웠다는 걸 알리기 위해선 루크가 너무나 많은 걸 밝혀야 했으므로.

'잠시만 여기에 있어 줘라.'

대신에 루크는 그를 위한 작은 무덤을 만들어 주었다.

이것이 지금의 그가 해 줄 수 있는 전부였다.

'내가 널 반드시 설풍의 회랑으로 데려갈 테니까.'

루크가 그의 뼈를 무덤으로 옮겼을 때였다.

툭.

200년간 쥐고 있던 그의 주먹이 마침내 풀렸다.

챙.

그 손에 쥐어져 있던 검이 루크의 허리에 찼던 검을 때린 건 그저 우연이었을까.

─그딴 검으로 어떻게 절 설풍의 회랑으로 데려간다는 겁니까?

칼린의 백골이 그렇게 말하는 것 같았다.

루크는 가만히 검을 내려다보았다.

벨무스

검신에 새겨진 검의 이름이 가장 먼저 들어왔다.

그는 공교롭게도 자신을 향하고 있는 벨무스의 손잡이를 잡았다.

지난날 수많은 검을 쥐어 본 루크였지만, 이 검은 특히나 손에 꼭 맞게 느껴졌다.

마치 마룡의 심장을 꿰뚫었던 그의 보검, 아르티아처럼.

당연하기도 했다.

처음부터 벨무스는 루크의 검을 본떠 만든 것이었으니까.

루크는 벨무스를 가볍게 휘둘러 보았다.

우우웅—!

벨무스는 기분 좋은 울림을 냈다.

200년간 방치된 검이라고 하기엔 여전히 검엔 예기가 살아 있었다.

조금만 관리한다면 당장 현역으로 사용할 수 있을 정도.

'너도 신나냐?'

루크는 벨무스를 몇 번이고 더 휘둘러 보았다.

우웅, 우우웅—!

루크의 말을 되받아치듯, 검명이 통로 안에 울려 퍼졌다.

벨무스를 쥔 루크의 손에도 힘이 바짝 들어갔다.

하루라도 빨리 가문을 되살리고, 칼린과 벨무스를 설풍의 회랑으로 옮겨 주리라.

루크는 다짐을 하고선 몸을 일으켰다.

루크 슈넬덴으로서 과거의 부하와 나눈 인사는 여기까지였다.

이젠 루크로서 현재를 바꾸기 위한 일을 해야 했다.

'이제 200년 전 묻어 둔 타임캡슐을 꺼내 봐야지.'

루크는 칼린이 죽어 가면서까지 지키고 있던 문으로 다가갔다.

문에는 희미한 마법진이 그려져 있었다.

자세히 보면 여러 개의 마법진이 복잡하게 얽힌 것이었다.

아마 저 괴한들이 칼린과의 전투에서 이겼다고 하더라도, 이 문은 열지 못했을 것이다.

'나름 대현자가 구현한 마법진인데 그렇게 쉽게 풀진 못했겠지.'

만약 이 마법진을 억지로 풀려 했다가는 그 자리에서 통로가 무너져 버렸을 것이다.

이를 푸는 열쇠는 단 하나.

루크는 벨무스로 손가락 끝을 벴다.

갈라진 피부를 따라 붉은 피가 흘러나왔다.

그는 그 핏방울을 마법진에 떨어뜨렸다.

뚝, 뚝, 뚝.

위이이잉-!

피가 떨어지자 이내 마법진도 붉은빛을 내기 시작했다.

이건 슈넬덴의 가주들만이 알고 있는 비전 서고 출입문과 유사한 장치였다.

다만 차이점이라면 이 문은 열쇠가 아닌 방법으로는 무슨 수를 써도 열 수 없다는 것.

루크는 이 장치를 만들기 위해 서쪽 끝에 사는 대현자를 직접 찾아갔었다.

'거기까지 가는 길이 진짜 험난했었는데.'

고작 무덤 문을 만드는 데 왜 그렇게까지 했냐고?

그냥 고집이었다.

슈넬덴을 평생토록 지키겠노라 맹세한 무덤이 도굴꾼에게 더럽혀지는 건 절대 보기 싫었으니까.

'슈넬덴의 혈통으로 빙의해서 다행이야.'

만약 그러지 못했더라면 이 무덤을 다시 파헤칠 수는 없었을 것이다.

철컹.

끼리리리릭-!

루크가 그런 생각을 하는 사이, 문의 장치가 움직이기 시작했다.

그리고 마침내 200년간 사람들에게서 잊혔던 무덤의 문이 열렸다.

화아아악.

통로와는 달리 본당의 마법 등은 멀쩡했는지, 문틈으로 빛이 덮쳐들었다.

이걸 보니 1천 년짜리 마법 등이라 했던 칼린의 말이 허풍은 아니었던 모양이다.

'오랜만이구나.'

루크는 만족스러운 미소를 지으며 본당으로 들어갔다.

Chapter 5

  과거엔 사람이 죽으면 생전과 똑같은 삶을 살 수 있도록 껴묻거리를 묻어 주었다.

  특히 가주들의 무덤 같은 경우엔 껴묻거리의 규모가 더욱 컸다.

  가주의 검과 갑옷뿐만 아니라, 업무를 볼 때 사용한 서류와 펜, 즐겨 사용하던 식기나 다기, 온갖 옷가지나 장신구 등.

  말 그대로 생전 사용했던 모든 물건들을 함께 묻었다.

  그래야 가주가 저승에 가서도 가주의 지위를 인정받을 수 있다고 생각했기 때문이다.

  이제야 와서 안 건데, 그 믿음은 잘못되었다.

  지금 루크의 상황을 보라.

죽은 후에 저승에 가기는커녕 이렇게 멀쩡히 살아 돌아와 이 개고생을 하고 있지 않은가.

'어쨌든 나도 그 전통에 따라 무덤을 만들어서 다행이지.'

무덤엔 큰 상자가 여러 개 놓여 있었다.

그나마 제일 작은 상자가 루크의 허리만큼 올 정도로 컸다.

'서재에 있던 걸 모아 둔 게 이 상자였나?'

루크는 가장 작은 상자부터 열어 보았다.

거기엔 루크가 찾던 서류가 들어 있지 않았다.

상자 안에 들어 있는 것은 값비싼 장신구와 귀금속들, 루크가 가주로 있던 시절 여러 사람들이 선물이랍시고 바친 것들이었다.

'그땐 하나같이 필요 없는 것들이라 생각했는데…….'

그가 가주로 있을 땐 돈을 그렇게 중요하게 생각하지 않았다.

돈을 싫어한 건 아니었지만, 굳이 말하자면 너무 많다 보니 더 가질 마음이 없었던 것이다.

그때마다 그의 사업 파트너가 한 말이 있었다.

―가주님, 돈이 전부는 아니지만 문제의 대부분은 돈으로 해결할 수 있습니다. 특히 가주님께서는 복잡한 걸 싫어하시니 될 수 있는 한 많은 돈을 모아 두셔야죠.

－됐어. 손에 검이 아니라 돈이 들리는 순간부터 그 사람
은 기사가 아니라 상인이야. 그러니까 내 돈은 오르겐 씨가
잘 관리해 줘. 난 수련에 매진할 테니까.

'미쳤지, 미쳤어.'

그때의 자신은 단단히 미친 것이다.

오르겐 씨가 했던 말대로 대부분의 문제는 돈으로 해결할
수 있었다.

지금 슈넬덴이 처한 문제점도 포함해서 말이다.

'이걸 무덤에 안 넣어 뒀으면 어쩔 뻔했어.'

루크는 상자 안에 든 보석을 좀 더 자세히 보았다.

전부 이름난 장인들이 한 땀, 한 땀 세공한 것들.

이런 물건들의 특징은 장인이 죽고, 시간이 흐르면서 당시
보다 값이 더 오른다는 것이다.

이 정도라면 어림잡아 슈넬덴의 건물 몇 채는 되살릴 수
있으리라.

역시 돈이 최고다.

우르르르－!

루크는 상자에 들어 있던 보석들을 모두 쏟아 냈다.

그러고는 미리 들고 온 자루에 모두 옮겨 담았다.

'지갑이 든든해지니까 마음도 든든해지네.'

루크는 만족스러운 얼굴로 몸을 일으켰다.

지금은 빵빵하게 충전했으니 이제는 두 번째 목적을 이룰 차례였다.

루크는 옆에 있던 상자를 열어 보았다.

끼익!

'이건 아니고.'

끼익.

'이건 갑옷이랑 검이네.'

원래 같았으면 여기 있는 검도 한 자루 챙겼겠지만, 이젠 그럴 필요가 없어졌다.

그의 허리엔 벨무스가 걸려 있었으니까.

루크는 곧이어 다른 상자들을 열어 보기 시작했다.

'여기구나!'

네 번의 시도 끝에 드디어 서재의 물건들이 담겨 있는 상자를 찾았다.

보존 마법이 걸린 종이를 사용한 덕에, 내용물은 모두 멀쩡했다.

'금전 관련 내용이 이쯤에 있었나?'

루크는 옛 기억을 더듬어 가며 상자 안을 뒤졌다.

샤라라라락−!

한참 동안 종이를 뒤적거리던 끝에 그의 입가에 미소가 그려졌다.

[차용 증세]

채권자 : 슈넬덴가.

채무자 : 샤룬가.

샤룬가는 슈넬덴가로부터 1938년 12월 15일에 금 10만 골드를 금리 6%로 빌린 사실이 있다.

10년 내 원리금을 갚지 못할 시, 그 이후부턴 복리 6%로 계산하여 상환하기로 한다.

······후략······

이거였다.

이것이 루크가 굳이 출발일을 앞당겨 가며 슈넬덴 산에 오른 이유였다.

과거 슈넬덴이 북방의 맹주이던 시절.

북방의 혹독한 기후는 농사와 상업에 큰 변수가 되었다.

이 변수를 막기 위해 북방의 여러 가문들은 슈넬덴에게 수시로 돈을 빌렸다.

슈넬덴도 맹주의 책임을 다하기 위해 저금리로 돈을 빌려주었다.

한마디로 슈넬덴은 그들에게 있어 일종의 은행이었던 것이다.

그러나 마룡 토벌 때 루크가 전사하고, 슈넬덴이 내전으로 풍비박산이 되어 버리며 상황이 달라졌다.

설마 이때 알아서 슈넬덴에게 돈을 갚은 가문이 있겠는가?

특히 샤룬 가문처럼 약삭빠른 녀석들이라면 절대로 그럴 리가 없었다.

어차피 내전 과정에서 서류들도 사라졌으니, 그들은 입을 꾹 다문 것이다.

그들의 행동을 아예 이해하지 못하는 건 아니다.

안 갚아도 아무도 뭐라 하지 않는데, 정직하게 그걸 갚을 가문이 몇이나 되겠는가.

그러나 그들도 몰랐을 것이다.

사라졌다고 믿던 차용증이 200년이 지난 시점에 이렇게 발견될 줄은.

'이게 복리니까…… 다 얼마냐?'

도저히 암산으로 할 수 있는 수준이 아니었다.

종이와 펜을 들고 한참 계산해 본 결과, 샤룬이 갚아야 할 돈은 대략 200억 골드가 넘어갔다.

이건 좀 너무한 거 아니냐고?

'그러게 빨리 돈을 갚았으면 될 거 아니야.'

루크는 차용증을 품에 넣었다.

이것만 있으면 샤룬에게 진 빚은 물론이고, 아예 샤룬을 망하게 하는 것도 가능했다.

마음 같아선 당장 산을 내려가 그놈의 면상에다 이 차용증을 던져 버리고 싶었다.

'그래도 마무리는 해 놓고 가야겠지.'

이 무덤은 언젠가 후손들에게 보일 곳이었다.

200년간 완전히 잊혔던 무덤이었던 것처럼 되돌려 놓아야
했다.

얼마나 시간이 흘렀을까.

루크가 자신의 무덤에서 나왔다.

무덤을 들어갈 때와 달리 나올 때의 표정은 밝았다.

'잠깐만 여기에 있어라. 금방 올게.'

칼린과의 인사를 마친 루크는 무덤을 완전히 빠져나왔다.

그러고는 휘파람을 불며 산을 내려갔다.

그의 허리에 걸린 벨무스가 기분 좋게 흔들거렸다.

루크가 외출을 떠난 지 만으로 사흘이 지났다.

약속한 시간이 하루나 지났지만, 그는 여전히 돌아오지 않
았다.

다행히 아직은 그의 외출에 대해서 아는 이가 없었다.

심지어 그의 집사인 토르빈조차도.

루크가 며칠간 청상관에서 지낼 거라고 말해 둔 덕분이
었다.

그러나 이것도 시간이 더 지체된다면 결국 들통날 터.

그때가 걱정되긴 했지만, 테오는 루크의 말대로 운동을 빼먹지 않았다.

"끄응."

쿵.

테오가 커다란 바벨을 내려놓았다.

드디어 목표로 했던 무게를 들어 올리는 데 성공했다.

그러나 그의 표정은 전혀 기뻐 보이지 않았다.

'곧 샤룬 자식들이 오겠지?'

분명 조만간 샤룬의 가주가 노발대발하며 본가를 찾아올 것이다.

처음엔 루크의 말을 믿었다.

정말로 그에게 무슨 수가 있을 거라고.

그러나 생각해 볼수록 그건 말이 안 되는 소리였다.

아무리 루크가 갑자기 몰라보게 변했다고 하더라도.

또 뭔가 기이한 능력을 지녔다고 하더라도.

고작 열다섯 살 소년이 무슨 수로 이틀 안에 수억 골드를 가지고 온단 말인가.

코넬리오의 직계 혈족이나, 제국의 황족이 아니고서야 절대 불가능할 일이었다.

아니, 설령 그들이라고 하더라도 선뜻 내놓기는 어려운 금액이었다.

루크가 워낙 범상치 않다 보니 자기도 모르게 헛된 기대를 한 것뿐이다.

'언제부터 다른 사람에게 의지했다고……'

테오는 고개를 획획 저어 버리고는 다시 바벨을 쥐었다.

최근 들어 알게 된 건데, 잡념을 날려 버릴 때는 운동만 한 게 없었다.

목표했던 무게를 들었으니, 이제 무게를 더 올릴 차례였다.

그렇게 생각하며 바벨에 쇳덩이를 더 달 때쯤.

"생각 외로 잘하고 있었네."

뒤에서 목소리가 들려왔다.

아직은 앳되지만 그럼에도 묘한 힘이 느껴지는 목소리.

루크의 것이었다.

이렇게 가까이 올 때까지 인기척조차 안 느껴지다니.

수석 기사인 라히츠도 이렇게 하지는 못하리라.

도대체 저 녀석은 뭘까.

그런 의문에 앞서, 테오의 머릿속에 가장 먼저 떠오른 감정은 안심이었다.

분명 루크가 해결할 수 있는 일은 없을 텐데도, 그가 돌아오자 불안감이 반으로 줄어든 것 같았다.

"약속 시간보다 하루 더 걸렸네?"

"생각보다 일이 많았거든."

루크는 어깨를 으쓱했다.

어째 출발할 때보다 더 여유로워진 모습이었다.

"들어 보니까 샤룬가의 일을 보고할 때 내 이름은 뺐다며?"

"네가 외출한 거 숨겨 달라며."

"형이 그렇게까지 생각이 깊은 줄은 몰랐네. 고마워."

루크는 테오를 향해 고개를 꾸벅 숙였다.

어차피 자신이 해결할 일이었다 하더라도, 이건 고마운 일이었다.

망나니 도련님이 이제 슬슬 철이 들어 가는 것 같았다.

"크흠, 아무튼 돌아왔으면 나랑 운동이나 하자. 파트너 없으니까 더 무거운 무게를 못 치잖아."

"기꺼이 도와줄게. 아까 보니까 무게도 더 오른 것 같던데, 그 정도면 슈넬덴 산에 가서 수련해도 되겠어."

"슈넬덴 산? 무리야, 거긴 수석 기사 정도는 돼야 안전하게 올라갈 수 있는 곳이잖…… 잠깐."

테오는 고개를 갸웃거렸다.

루크는 자신이 목표 무게를 들어 올렸다는 걸 아는 것 같았기 때문이다.

"근데 언제부터 나 운동하는 거 보고 있었냐?"

"마지막 세트 시작하기 전부터."

"왔으면 인사부터 할 것이지."

"운동할 때 말 거는 건 비매너잖아."

"얼른 바벨이나 잡아 줘."

"물론이지."

그들이 막 운동을 시작하려 할 때였다.

둘의 고개가 동시에 같은 쪽으로 돌아갔다.

그쪽에서는 라히츠가 걸어 나왔다.

'이게 정상인데.'

아무리 라히츠가 인기척을 일부러 드러낸 거라 하더라도, 이 정도로 가까워지면 사람의 인기척이 느껴지지 않을 수가 없었다.

그런데 루크는 바로 뒤까지 와서 운동하는 걸 보고 있는 동안에도 전혀 모르고 있었으니.

이상하지 않을 수가 없었다.

테오가 고개를 갸웃하는 사이, 루크가 먼저 인사를 했다.

"라히츠, 오랜만이야."

"둘째 도련님도 계셨군요."

라히츠는 루크에게 인사한 후, 테오 쪽으로 고개를 돌렸다.

그의 표정이 그리 좋아 보이진 않았다.

"도련님, 얼른 본관으로 가 보셔야 할 것 같습니다."

"무슨 일이야?"

"샤룬가의 가주가 오늘 본가를 방문한다고 합니다."

빠직.

테오의 미간이 찌푸려졌다.

드디어 올 것이 왔다.

다시는 보고 싶지 않았던 1년 전의 광경을 다시 보게 될 수도 있었다.

그렇다고 여기서 도망칠 수도 없는 노릇.

"아버지는 본관에 계시지?"

"그렇습니다."

"지금 바로 가 봐야겠어."

"나도 같이 갈게."

루크의 말에 테오가 고개를 돌렸다.

"너도 간다고?"

"당연하지."

"괜히 안 좋은 꼴 볼 수도 있는데? 그냥 있지."

"어쨌거나 나도 관련자잖아. 이런 자리에 빠지면 안 되지."

루크의 오른쪽 입꼬리가 말려 올라갔다.

"그리고 그놈들 면상도 볼 겸."

'잠깐, 저 웃음은?'

저 흑막을 숨긴 악역의 뒤틀린 미소.

루크에게서 그 미소가 보이자, 테오는 왠지 모르게 기대가 되었다.

술집에서 깽판을 치던 자신과 만났을 때, 루크의 표정이 딱 저랬기 때문이다.

과연 루크가 무엇을 준비한 것일까.

그건 알 수 없었다.

'너무 기대는 하지 말자.'

기대감이 큰 만큼 실망이 큰 법이지 않던가.

테오는 애써 기대감을 억누르며 말했다.

"그럼 다들 본관으로 가자."

"가자."

"예."

셋은 곧장 본관으로 달려갔다.

그런 테오의 눈에서는 더 이상 불안함은 보이지 않았다.

똑똑똑.

"가주님, 디온입니다."

율리안은 노크 소리를 듣자마자 한숨부터 쉬었다.

저 노크가 의미하는 바를 잘 알고 있었기 때문이었다.

"샤룬의 가주가 왔는가?"

"그렇습니다."

디온의 목소리도 어두웠다.

샤룬으로부터 본가를 방문하겠다는 서신을 받은 게 바로 하루 전이었다.

명분은 노던에서 있었던 폭행 사건이라지만, 그건 어디까지나 명분일 뿐.

그 사건이 없었더라도 그놈들은 어떻게든 다른 명분을 찾았을 것이다.

수십 년간 샤룬에게 시달려 왔기에 확신할 수 있었다.

그들이 또 빚을 들먹이며 뭔가를 뺏어 가려고 이곳으로 온다는 것을.

"그래도 며칠은 시간을 줄 거라 생각했는데."

통상 서신을 보내고 일주일 내에 방문하는 것이 관례였지만, 샤룬에게는 그런 관례 따위는 없는 모양이었다.

'이번에는 슈넬덴에 무엇을 요구하려고.'

지난번엔 슈넬덴의 가보를, 그 지난번엔 슈넬덴과 평생을 함께해 온 노던을 내주어야 했다.

노던이라는 도시도, 유일하게 남은 가보도 모두 슈넬덴의 정신 같은 것들.

하지만 그걸 내주고도 원금을 갚기는커녕 이자를 깎는 것이 전부였다.

오히려 그렇게 내준 것들 때문에 슈넬덴은 돈을 갚기 더욱 어려워졌다.

끊임없는 악순환의 고리.

고리대금의 함정에 빠져 버린 것이다.

애당초 선대 가주들이 샤룬으로부터 돈을 빌리지 말았어

야 했다.

하지만 그때 돈을 빌리지 않았다면 슈넬덴은 지금의 모습조차 유지하지 못했을 터.

그렇기에 율리안은 그분들을 욕할 수 없었다.

그분들의 후손으로서, 슈넬덴의 현 가주로서 이 악순환의 고리를 끊기 위해 안간힘을 써야만 했다.

'그것이 이다지도 어려운 일이구나.'

어깨에 돌덩이가 올라간 기분이었다.

이 외로운 싸움을 언제까지 이어 갈 수 있을까.

마음 같아서는 슈넬덴이라는 이름을 버리고 어디론가 도망쳐 버리고 싶었다.

그가 가진 무위라면 어디서든 입에 풀칠 정도는 하고 살 테니까.

점점 좋지 않은 생각이 머릿속에서 피어올랐다.

짝!

'약해져서는 아니 된다.'

율리안은 양손으로 자신의 뺨을 때렸다.

그렇지 않아도 슈넬덴은 설풍 앞의 촛불.

가주인 자신마저 무너지면 그땐 정말로 슈넬덴의 불꽃은 꺼지고 말 것이다.

어떤 형태로든 슈넬덴이 존재하고만 있다면 언제든 다시 살아날 수 있지 않겠는가.

그러니 그때까지만이라도 자신은 무너져선 안 됐다.

"가주님, 혹시 그들이 불편하시다면 제가 만남을 미루겠습니다."

"그랬다간 그자가 본가를 뒤집어 버릴 테지. 내가 나가 봄세."

"괜찮으시겠습니까? 이번에도 분명 그자는 무리한 요구를 할 텐데요."

"그들이 무언가 요구를 한다면 그게 무엇이든 내줘야겠지. 그렇게라도 슈넬덴이 살 수만 있다면……."

율리안은 자리에서 일어났다.

그 뒷모습에서 숭고함이 느껴졌다.

디온이 다가와 그의 옷매무시를 가다듬어 주었다.

정리가 끝날 때쯤, 율리안이 입을 열었다.

"테오는 본관으로 오고 있는가?"

"라히츠 경이 전하러 갔습니다. 아마 바로 올 겁니다."

"자네가 생각하기엔 굳이 그 아이까지 부르는 게 옳은 것 같은가?"

"만약 사과를 해야 한다면 이번에는 본인이 무릎을 꿇을 거라 했습니다."

"몇 달 사이에 많이 자랐구나."

"이게 엇나가기 전 도련님의 원래 모습이었죠."

"그 모습을 되찾게 하기가 어찌나 어려웠던지."

아직 망나니의 티를 완전히 벗진 못했지만, 그래도 가문의 유일한 희망이라 불리던 시절이 떠오를 정도는 되었다.

율리안은 이 변화를 이끌어낸 이가 누구인지 명확히 알고 있었다.

루크 슈넬덴.

자신이 둘을 붙여 두긴 했지만, 솔직히 루크가 테오를 이렇게까지 바꿀 줄은 몰랐다.

'그래, 아직 슈넬덴에는 희망이 남아 있지 않은가.'

율리안의 눈빛이 다시금 살아났다.

저 두 희망이 자라날 때까지, 자신이 반드시 슈넬덴을 지켜 내리라.

설령 그 무엇을 내주더라도.

그는 그렇게 다짐하며 연회장으로 나갔다.

베르너 샤룬은 거만한 자세로 연회장에 앉아 있었다.

그 뒤로는 언제든 검을 뽑아 들 것처럼 무게를 잡고 있는 호위 기사들이 있었다.

전에 랑켈과 함께 있던 견습 기사들과는 달리, 이번엔 정식 기사들을 데리고 온 모양이었다.

루크의 눈에 그 꼴이 달가워 보일 리 없었다.

'감히 슈넬덴 가주와의 자리에 무장한 기사들을 대동해?'

심지어 대륙제일가문이라 불리는 코넬리오조차도 저렇게 하진 않았다.

그만큼 샤룬이 슈넬덴을 무시하고 있다는 방증이리라.

'그 태도가 언제까지 가나 보자.'

루크가 마음속으로 그를 몇 번이고 씹어 먹고 있는 사이, 상대가 먼저 인사를 올렸다.

"오랜만이군요, 가주님. 그간 잘 지내셨습니까?"

형식상 봉신 가문인 그가 먼저 인사를 하긴 했지만, 그의 말투에는 비아냥이 잔뜩 묻어났다.

율리안도 그걸 느꼈으나 굳이 이를 따지지는 않았다.

"베르너 경 덕에 잘 지내다마다. 경은 어떻소?"

"그렇습니까? 불운하게도 저는 제 자식 놈 걱정 때문에 그러지 못했습니다."

베르너가 불편한 심기를 드러내며 테오를 슬쩍 보았다.

"슈넬덴의 일 공자는 어찌 그리 점잖지 못합니까?"

"다 내 부덕이오."

"혹여 랑켈이 잘못되기라도 했다면 우리 가문의 대가 끊어졌을지도 모릅니다."

"내 따끔하게 타이르도록 하겠소."

"이제 공자도 열여덟 살이면 어엿한 성인인데 타이르기만 해서 되겠습니까?"

베르너는 엄지와 검지로 원을 만들어 보였다.

"성인의 잘못에는 책임이 따르지요. 이를테면 금전 같은……."

돈 이야기가 나오자 테오의 표정이 확 굳어졌다.

그러나 그는 곧장 고개를 숙였다.

지금 화를 낸다면 상황이 더 나빠진다는 것을 알고 있었기 때문이다.

"베르너 경, 그 사건에 대해서는 제가 진심으로……."

직접 사과하려던 테오에 앞서 율리안이 먼저 입을 열었다.

"베르너 경, 내게 원하는 것이 진정 배상금이오?"

"……."

"내 아들의 잘못이니 배상금은 마땅히 지급하겠소. 하나 내가 보기엔 경이 그것 때문에 온 게 아닌 것 같소만."

"흐음."

베르너가 흥미로운 듯 턱을 쓰다듬었다.

"역시 가주님의 눈썰미는 피할 수가 없겠습니다. 그럼 바로 본론으로 넘어가 볼까요?"

"그러도록 하지."

율리안은 지그시 눈을 감았다.

이제야 올 것이 올 차례였다.

저자는 분명 빚을 상환하라고 요구할 것이다.

그러나 슈넬덴엔 당장 그럴 돈이 없는 상황.

이번에도 어떻게든 해 달라는 것을 해 주고 변제일을 늦춰야만 했다.

그래야만 슈넬덴이 살아남을 수 있을 테니까.

"알다시피 현재 샤룬의 금전 사정이 그리 좋지 않습니다."

베르너는 자세를 고쳐 앉으며 말했다.

"과거 선조들이 슈넬덴에 대한 의를 지키고자 돈을 빌려줬으나, 그 탓에 지금은 샤룬이 도리어 위기에 처한 것이지요."

"우리가 그토록 많은 이자를 지급하고 있는데도 말이오?"

베르너는 슬쩍 눈치를 보았다.

율리안이 이렇게 직설적으로 말할 줄은 몰랐기 때문이다.

"그 이자는 계약서에 명시된 것 아닙니까? 법과 계약의 신 로엘의 공증을 받은 계약은 지엄한 법이지요."

"정말 미안하지만 지금 우리가 더 내줄 수 있는 돈이 없소. 당장의 이자도 빠듯하니 말이오."

"그래서 말입니다."

율리안은 속으로 눈을 질끈 감았다.

이제 본격적으로 그가 요구하는 것이 나올 것이다.

과연 이번에는 무엇일까.

두려움이 앞섰다.

"슈넬덴의 학자들이 그렇게 유능하다고 들었습니다."

"그래서 어쩌자는 것이오?"

"별뜻은 없습니다. 그저 샤룬의 학자들에게도 슈넬덴의

가르침을 주고 싶은 것일 뿐."

"그 말은 우리 학자들을 넘겨 달라는 뜻이오?"

"허허, 넘겨 달라니요. 샤룬에 와서 가르침을 주기를 요청 드린다는 겁니다."

율리안은 심기가 불편했다.

지금 그 말이 그 말이지 않은가.

아무리 모든 걸 넘기겠노라고 다짐했다지만, 이제 막 성과 가 보이는 연구실의 학자들을 넘기라니.

이건 곧 슈넬덴의 유일한 희망을 포기하라는 것과 다를 바 없었다.

'하필 이럴 때 학자들을 요구하다니!'

받아들여선 안 되지만, 그렇다고 받아들이지 않을 수도 없 었다.

이런 상황에서 어떤 결정을 해야 할까.

율리안은 고민에 빠졌다.

"가주님, 로엘의 공중을 받은 계약을 이행하지 않으시면 저희로서도 달리 방법이 없습니다. 중재를 요청하는 수밖에 요. 이를테면 코넬리오가라든가……."

고민이 길어지자 베르너 쪽에서 닦달을 해 왔다.

상대가 고민할 틈도 없이 몰아붙이는 것을 보라.

그가 타고난 빚쟁이라는 걸 알 수 있었다.

"크흠……."

율리안이 고민 끝에 감고 있던 눈을 떴다.

※

"오늘따라 달빛이 참 곱구나."

노던 관청으로 돌아온 베르너의 몸짓은 과장되어 있었다.

'그 영감도 결국 받아들일 거면서 괜한 고집을 피우기는.'

율리안은 처음에 제안을 거절했었다.

어떻게든 돈을 마련할 테니, 학자들은 내주지 않겠다고
했다.

그럴 때를 대비해 준비해 온 협박을 꺼내려던 순간, 슈넬
덴가의 둘째 아들이 나섰다.

　―아버지. 일단 슈넬덴이 살고 봐야지요. 그게 먼저입
니다.

슈넬덴의 둘째가 그렇게 강단 있는 성격인지는 몰랐지만,
어쨌든 이번 거래로 원하는 것을 얻어 냈다.

'슈넬덴에서 온 학자들이 비전을 밝혀내기만 한다면 샤룬
은 북방의 지배자가 되겠지.'

그 생각만 하면 춤이 절로 나올 지경이었다.

이렇게 기분 좋은 날 술이 빠질 수는 없었다.

"세스티, 오늘처럼 즐거운 날에 잘 어울리는 술을 가지고
와라."

"……."

대답이 들려오지 않자, 흥이 깨진 베르너는 인상을 구겼다.

"세스티! 네년은 귀에 호박이라도 처박은 거냐?"

끼익.

그러자 조심스럽게 문이 열렸다.

아마 잠깐 졸다가 큰소리에 화들짝 놀란 것 같았다.

"어떻게 사람이 성질을 내야 움직여? 알아서 잘……."

그는 문을 열고 들어온 이를 보고는 말을 멈췄다.

문 앞엔 자신이 불렀던 세스티가 아니라 웬 복면의 사내가
서 있었다.

누가 봐도 악의를 가지고 온 게 분명한 복장.

보통 사람이라면 이 시점에서 자지러졌겠지만, 그는 그러
지 않았다.

고리대금업자인 그에게 이런 상황은 너무나도 익숙했으니
까.

당연히 이에 대한 대비도 되어 있었다.

"호위 기사! 당장 이놈을 끌고 가."

기사들은 상시 문밖에 대기시켜 둔 건 바로 이런 순간을
위해서였다.

"……."

그러나 대답은 들려오지 않았다.

"호위 기사!"

"문밖에 있는 녀석들은 잠깐 자고 있을걸."

그 사내는 순식간에 베르너의 앞에 나타났다.

"딸꾹."

베르너는 자신의 목에 겨눠진 검을 보고 굳어 버렸다.

서늘한 감각이 그대로 느껴졌다.

여기서 조금이라도 움직인다면 핏물이 배여 나올 것이다.

"너, 너, 너. 뭐야? 날 죽이러 온 건가?"

"마음 같아서는 그러고 싶지만, 아직 내가 샤룬의 가주를
죽여 놓고도 멀쩡할 정도는 아니거든."

"그럼 내게 무슨 짓을 하려고?"

스릉.

루크는 검을 치우고는 소파에 앉았다.

"쫄지 마. 그냥 너랑 대화하러 온 거니까."

그는 검 끝으로 반대쪽 소파를 가리켰다.

"일단 앉아 봐. 그래야 대화를 하지."

루크의 입가엔 묘한 미소가 걸려 있었다.

"어디서 온 사람이오?"

베르너가 자리에 앉으며 말했다.

상대가 검을 들고 있긴 했지만, 마구잡이로 휘두를 것 같
지는 않았다.

저 검은 그저 자신과 조용히 대화하기 위한 수단일 뿐.

이럴 땐 상대를 흥분시키지 않고 시간을 끄는 것이 중요했다.

"내가 누군지 감조차 못 잡는 걸 보면 평소에 적이 많긴 했나 봐."

"내가 하는 일의 특성상 그럴 수밖에."

"오늘 낮에 있었던 회담을 이어서 하려고 왔어."

"오늘 낮이라면…… 슈넬덴가에서 온 사람이오?"

"일단 그렇다고 할 수 있지."

그러자 굳었던 베르너의 몸이 점차 펴졌다.

그 얼굴에는 금세 거만함이 피어올랐다.

다른 이면 몰라도 슈넬덴이라면 절대 자신을 해치지 못할 것이다.

몰락한 명문가가 끝내 돈을 갚지 못해 채권자를 해쳤다.

이 소식이 세상에 퍼진다면 그것만으로도 슈넬덴은 완전히 인심을 잃게 되리라.

그뿐일까.

로엘의 공증을 받은 계약이 지켜지지 않았으니 코넬리오, 브리든 제국 할 것 없이 나설 것이다.

슈넬덴이 최소한 명맥이라도 유지하고 싶다면 자신을 해칠 수 없을 터.

'그러니까 이 차용증이 있는 한 나는 무적이지.'

베르너는 가소롭다는 듯 웃었다.

"슈넬덴도 치졸하군. 돈을 갚을 수가 없으니 날 해치기라 도 하겠다는 건가?"

어느새 말투도 다시 반말로 돌아왔다.

태세 전환이 빨라도 저렇게까지 빠를 수가.

루크는 그 야비함에 혀를 차면서도 동시에 좋아했다.

저렇게 상황에 따라 쉽게 움직일수록 이 거래가 더 잘 유 지될 테니까.

"여기서 날 죽인다고 해서 뭔가 달라지기라도 할 것 같나? 차용증이 남아 있는 한 빚은 사라지지 않아. 오히려 너희의 죄만 추가될 뿐이지."

"누가 널 죽인대?"

루크는 심드렁하게 받아쳤다.

"그럼 뭐 하러 이 시간에 말도 없이 검을 들고 왔나?"

"나도 네가 하던 짓거리 좀 해 보려고."

"내가 하던 짓거리라니! 아니, 그 전에 그 건방진 말투부 터 고치도록. 어디서 감히……!"

"이거나 봐."

턱.

루크는 품에서 종이 한 장을 꺼내더니, 베르너의 눈앞에 내밀었다.

"이게 뭐길래?"

베르너는 눈을 가늘게 뜨고는 종이를 읽어 내려갔다.

그럴수록 그의 눈동자가 흔들렸다.

"샤룬이 200년 전에 빌린 돈이라고?"

"맞아. 너희 조상님들께서 샤룬가의 이름으로 빌린 돈이지."

"흐흐흐, 그걸 나보고 믿으란 말인가?"

베르너는 실소를 흘렸다.

그러나 그 실소에는 일말의 불안감이 담겨 있었다.

혹시라도 저 차용증이 진짜라면 어떡하지?

그런 불안감이었다.

그렇다고 이를 티 낼 수는 없었다.

"갑자기 나타나서는 200년 전 증서를 들이민다? 본인이 생각하기에도 이 상황이 이상하지 않나?"

"검증을 원한다면 얼마든지 받아 주지. 그 전에 이건 보이지?"

"그건……?"

루크가 가리킨 곳엔 천칭이 새겨진 인장이 박혀 있었다.

베르너의 눈이 더욱 흔들렸다.

저것은 로엘의 공증 인장.

로엘의 공증 인장을 받은 계약서는 언제든 로엘의 신전에서 검증을 받을 수 있다.

설사 그것이 200년 묵은 계약서라 하더라도.

"네가 로엘의 공증을 받은 계약은 지엄하다고 했던가? 나도 그 지엄한 계약 좀 이행해 보려고."

"그 인장이 위조일 수도 있잖은가."

"미쳤다고 로엘의 인장을 위조하겠냐? 하루면 밝혀질 일인데?"

하긴 그건 말이 안 됐다.

로엘의 공증은 테론 대륙의 모든 이가 신뢰하는 유일한 것.

이 신뢰도를 해치려 했다가는 대륙 전체를 적으로 둘 수도 있게 된다.

당연히 로엘도 위조를 판독할 만한 인프라를 갖추고 있었다.

당장 노던에 있는 로엘 공증인도 판독기를 갖추고 있을 터.

저 자신 있는 태도로 보면 저 차용증은 거짓이 아닐 것이다.

그러니까 조상의 빚을 자신이 갚아야 한다는 말이다.

"이건 꿈이야."

"꿈 아니야. 내가 볼이라도 꼬집어 줘?"

"이럴 수는 없어."

"이럴 수도 있는 거지."

베르너가 머리를 움켜쥐었다.

루크는 낄낄거리며 그 모습을 보았다.

"평소에도 돈놀이나 하는 놈이니 복리 계산은 바로 되지?"

"뭐?"

"대충 계산해 보니까 210억 골드가 나오던데."

"200년짜리 복리라니, 그건 말이 안 되잖은가!"

"그럼 네가 이때까지 슈넬덴에 한 짓은 말이 되고?"

루크의 한마디에 갑자기 주변의 공기가 바뀐 것 같았다.

차갑게 식은 공기가 목을 옥죄어 말을 하기가 어려웠다.

오직 루크만이 그 침묵 속에서 자유롭게 입을 열 수 있었다.

"닥치고 당장 내놔, 내 210억 골드. 에누리는 없어."

'어떻게 해야 하지?'

베르너의 입꼬리가 파들거렸다.

손끝도 떨려 오고 있었다.

입안은 이미 바싹 말라 버렸다.

그러나 아무리 생각해 봐도 이 상황을 타개할 방법이 떠오르지 않았다.

상식적으로 누가 현금으로 210억 골드를 쌓아 놓겠는가.

그건 코넬리오나 브리든 제국이라 해도 불가능하리라.

그래서 그는 지금껏 자신의 채무인들이 하던 말을 그대로 옮겼다.

"지금은 그렇게 큰돈을 낼 여력이 없네."

"그래? 로엘의 공증을 받은 계약을 이행하지 않으면 나로서도 달리 방법이 없는데."

루크도 베르너가 슈넬덴에서 했던 말을 그대로 갚아 주었다.

"그럼 중재를 요청하는 수밖에."

"뭐, 뭘 모르나 본데, 코넬리오 가문이 너희 슈넬덴 편을 들어 줄 것 같나?"

"뭘 모르는 건 너지. 너 코넬리오가 어떤 놈인지 잘 모르는구나?"

코넬리오는 북부에서의 앞잡이로 샤룬을 점찍어 둔 상태.

대륙제일가가 뒤를 봐준다 생각하면 저런 허세가 나오는 게 이상한 건 아니었다.

하지만 그건 어디까지나 샤룬이 앞잡이로서의 가치가 있을 때의 경우.

"이 빚을 알게 되면 그때도 코넬리오가 너희를 지켜 줄까?"

"이럴 때를 대비해 코넬리오에 들인 돈이 얼만데?"

"그 정도 돈을 낼 수 있는 가문은 북부에도 얼마든지 있지. 그런데 굳이 너희를 살리겠다고 210억을 대신 갚아 주겠어?"

"……."

"어쩌냐, 너희가 코넬리오를 뒤에 엎고 했던 횡포를 기억하는 가문도 많을 텐데."

베르너는 고개를 숙였다.

그가 하는 말이 모두 맞았기 때문이다.

코넬리오는 언제든 샤룬을 대체할 가문을 찾을 수 있었다.

애당초 그들에게 줄을 대기 위해 기다리는 가문들이 널렸으니까.

어찌어찌 210억을 모두 갚았다고 하자.

그렇다 하더라도 더는 빼먹을 게 없어진 샤룬은 코넬리오로부터 버려질 것이다.

그다음 상황은 안 봐도 뻔했다.

그동안 힘으로 찍어 눌렀던 가문들이 득달같이 달려들겠지.

벌써부터 눈앞이 깜깜해졌다.

지난 수십 년간 이루어 온 모든 것들이 한순간에 사라질 위기였다.

'그냥 저놈을 묻어 버릴까?'

상황이 급박해지니 그런 생각도 들었다.

그러나 이내 포기하고 말았다.

저 녀석은 밖에 있는 호위 기사 둘을 쉽게 제압하고 이곳에 들어왔다.

자신의 힘으로 어찌할 수 있는 상대가 아닐 것이다.

게다가 저놈을 죽인다고 해서 저 차용증이 사라지겠는가?

설마 저 녀석이 멍청하게 원본을 들고 왔을 리도 없었다.

그런 생각을 하고 있을 무렵이었다.

"이 차용증 원본이야."

"뭐?"

"사본은 사라진 지 오래니까 아마 이걸 찢어 버린다면 이 계약은 그대로 사라질 거야."

"지금 뭐 하자는 거지?"

"뭐 하자는 거긴. 거래하자는 거지. 너도 이 돈을 한 번에 못 갚을 거 아니야?"

물에 빠진 사람에게 지푸라기를 내밀면 저런 표정이 될까?

베르너는 보는 사람까지 가여워지는 얼굴로 말했다.

"조건은 뭔가?"

"현재 슈넬덴에 대한 채권을 나한테 넘겨. 그만큼 네 빚에서 깎아 주지."

"너 슈넬덴 사람이라고 하지 않았나?"

"그랬지."

"그런데 어째서……?"

"그런 것까지 알 필요 있을까?"

베르너는 곧장 입을 다물었다.

루크는 그 모습에 만족스러워하며 품에서 다른 종이들을 꺼냈다.

베르너가 종이의 내용을 살펴보았다.

"허…… 대체 정체가 뭐지? 정말이지 어마어마한 걸 들고 있군."

거기엔 샤룬과 똑같은 처지가 된 가문들이 쓰여 있었다.

"샤룬의 이름으로 이 빚을 받아 내서 나한테 넘겨주면 그만큼 너희 빚을 차감해 주지."

"정말인가?"

이보다 더 좋은 소식이 있을까?

베르너는 당장이라도 절이라도 하고 싶을 지경이었다.

게다가 빚을 받아 내는 거라면 자신이 가장 잘하는 일이 아니던가.

저 돈만 다 모은다면 자신은 다시 한번 재개할 수도 있으리라.

"돈을 좀 비밀리에 받아 내고 싶어서 말이야."

"내가 도와주지. 아니, 돕게 해 주게."

"그래?"

"여기 적힌 돈 전부 받아 주지. 그건 내가 가장 자신 있는 일이야."

"좋아. 그럼 거래하지."

루크가 손을 내밀자 베르너는 그 손을 덥석 붙잡으려 했다.

그러나 루크가 뭔가 생각난 듯 손을 빼 버렸다.

"왜, 왜 그러는가?"

"혹시나 해서 하는 말인데, 우리가 한 계약이 밖으로 흘러 나가면 너희의 빚이 그대로 공개될 거야."

"알겠네, 알겠어. 그건 절대 걱정하지 말게."

베르너는 그 말이 다 끝나기도 전에 고개를 끄덕거렸다.

'다른 놈들에게 빚을 독촉하기 위해서라도 아직 코넬리오라는 뒷배가 필요해.'

코넬리오를 속이고 빚을 갚을 기회를 얻는 것.

그리고 이 빚이 코넬리오에 알려져 한 방에 가문이 무너지는 것.

두 가지 선택지 중에 하나를 선택하는 데는 고민할 필요도 없었다.

"좋아, 그럼 바로 공증인을 불러. 차용증 공증인도 그때 검증해 보면 되겠네."

"그러지."

루크는 베르너와의 계약을 마치고 소월관으로 돌아왔다.

"오셨습니까?"

"아직 안 자고 있었네, 토르빈."

"주인이 안 들어왔는데 제가 먼저 잘 수는 없지요."

"날 악덕 주인으로 만드는 거야?"

"그러니까 몰래 좀 다니지 마세요. 그나저나 오늘은 오랜만에 표정이 밝아 보이시네요."

"그래 보여?"

"요즘 들어서 제일 좋아 보이세요."

"글쎄, 난 모르겠는데. 아무튼 난 들어가서 좀 쉬어야겠다."

루크는 그저 슬며시 웃고는 방으로 들어왔다.

'그야 오늘부터 내가 슈넬덴의 최대 채권자가 됐으니까.'

차마 그 말을 할 수는 없었으니까.

계약은 루크가 원하는 대로 이루어졌다.

키를 가진 쪽이 루크였으니 당연했다.

슈넬덴이 샤룬에 진 모든 빚에 대한 권리는 모두 루크의 것이 되었다.

그뿐만 아니라 다른 빚도 조용히 가지고 올 수 있게 되었다.

조용히.

이것이 가장 중요했다.

코넬리오를 비롯해 다른 녀석들의 의심을 받지 않을 선에서 활동해야 했다.

그런 의미에서 샤룬을 이용해 돈을 받아 오는 건 가장 좋은 선택일 터.

어차피 악독하게 돈을 받아 내는 건 그들이 원래 하는 일이었으니까.

그리고 이 일은 샤룬에서도 어떻게든 비밀에 부칠 것이다.

코넬리오에 알려지면 입장이 더 곤란해지는 건 샤룬이었으니까.

'그런데 그놈은 알고 있나 모르겠네.'

루크는 품속에 남은 마지막 종이를 꺼내 보았다.

차용 증서

  채권자 : 슈넬덴가.

  채무자 : 샤룬가.

루크가 처음 들고 갔던 차용증 원본은 약속대로 찢어 버렸다.

그러나 루크가 찢은 건 그 빚에 대한 차용증뿐.

200년 전, 샤룬이 빌린 돈은 그 한 건만이 아니었다.

'이건 그놈이 임무를 완수하고 나면 다른 걸 보여 줘야겠군.'

루크는 다시 그 계약서를 품에 넣었다.

그의 표정엔 사악한 미소만이 가득했다.

이른 아침.

율리안은 집무실에 앉아 창밖을 바라보고 있었다.

하늘에 잔뜩 낀 구름이 그의 기분을 대변하는 것 같았다.

곧 있으면 샤룬으로 보낼 학자들의 명단이 올라올 것이다.

그는 그 명단을 보기가 싫었다.

'어떻게 찾은 슈넬덴의 희망인데, 그걸 내 손으로 끊어 내야 한다니.'

그 사실이 너무나도 부끄러웠다.

그러나 더 부끄러운 건 내심 그날 루크가 나서서 자신을 설득해 줘서 다행이라 생각하는 자기 자신이었다.

당시에는 어떻게든 돈을 마련하겠다고 호언장담했지만, 사실 돈을 마련할 방법은 없었다.

아마 루크도 그걸 알고서 나서 준 것이리라.

'이렇게나마 샤룬의 이자를 갚는다면, 슈넬덴은 어떻게든 살아남겠지.'

아무리 그렇게 스스로를 위안해 봐야 죄책감을 떨쳐 낼 수 없었다.

사지를 사용하지 못한 채로 숨만 붙었다고 해서 그게 온전히 산 것이겠는가.

슈넬덴이 자립할 방법을 다 제 손으로 내쳐 놓고 어떻게든 살아남아서 다행이라니.

자기가 생각해 놓고도 역설적이었다.

'훗날 설풍의 회랑에서 선조들의 얼굴을 어찌 볼꼬……!'

애당초 자신이 회랑에 오를 수 있을지도 몰랐다.

그곳은 가문의 명예를 드높인 자만 오를 수 있는 곳이었으니까.

"후우."

율리안의 한숨은 깊어만 갔다.

그가 한참 자책감에 시달리고 있을 때였다.

"가주님!"

디온이 급하게 집무실로 들어왔다.

평소에는 어떤 일이 있어도 노크를 빼먹지 않던 그였다.

그런 그가 이 정도로 당황했다면 분명 무슨 일이 있는 것일 터.

"무슨 일인가?"

"그것이…… 일단 이걸 좀 보시겠습니까?"

"이게 뭔가?"

"조금 전, 샤룬가에서 보내온 서신입니다."

"그자들이 또 무얼 요구하려고?"

"그, 그런 게 아닙니다."

율리안은 떨떠름한 얼굴로 서신을 펼쳐 보았다.

보나 마나 또 뭔가를 요구하는 것일 테지.

그렇게 생각하면서.

율리안의 입은 점점 벌어지기 시작했다.

"이게 지금 무슨 말인가?"

"보신 그대로입니다. 샤룬에서 빚 독촉은 없었던 걸로 하자고 합니다. 그리고 당분간 이자도 받지 않겠다고 하고요."

율리안은 디온이 하는 말을 믿을 수가 없었다.

그놈들이 어떤 놈이던가.

마른오징어조차 쥐어짜 내는 빚쟁이였다.

그런데 그들이 빚 독촉을 없던 걸로 하고 이자까지 받지 않는다니.

무슨 꿍꿍이가 있는 게 아니고서야 그럴 리가 없었다.

"혹시 무슨 조건이라도 걸었나?"

"아니요, 아무런 조건도 없었습니다."

"그럴 리가……?"

"어쨌든 슈넬덴에는 좋은 일이 아니겠습니까?"

"그건 그렇지만."

그 악독한 녀석들이 갑자기 이렇게 나오니 의심부터 들었다.

그러나 서신 어디에도 슈넬덴에 뭔가를 요구하는 말은 없었다.

그 의도를 짐작할 수는 없었지만, 지금 슈넬덴의 상황을 생각해 보면 거부할 수 없는 제안이었다.

설령 무슨 대가가 있다고 하더라도 받아들였을 것이다.

"그렇고말고요. 정말 잘된 일입니다."

"살다 보니 이런 일도 다 있군."

"그럼 연구실에도 이 사실을 바로 알리도록 하겠습니다."

"아닐세. 내가 직접 가서 알리지."

"가주님께서 직접 가실 필요가 있겠습니까?"

"연구가 한창이어야 할 때 내 결정으로 인해 혼란스럽지 않았는가? 그러니 내가 직접 가서 사과해야 하네."

"알겠습니다. 그럼 바로 준비해 두겠습니다."

디온이 나간 후에도 율리안은 여전히 의문이 풀리지 않았다.

어째서 샤룬은 갑자기 빚 독촉을 철회한 것일까?

그는 그 배후에 루크가 있다고는 꿈에도 생각하지 못했다.

그리고 자신들의 빚이 사실은 루크에게 넘어갔다는 것도.

율리안은 곧장 연구실을 찾아갔다.

"연구가 한창인 시점에 내가 찬물을 끼얹어서 미안하네."

그곳에 들르자마자 가장 먼저 한 건 학자들에게 사과하는 것이었다.

그러나 정작 당사자들의 반응은 의외였다.

사과를 한 율리안이 민망해질 정도로, 학자들은 연구에 매진하고 있었다.

마치 자신들이 연구실을 옮기게 될 수도 있다는 걸 모르기라도 하는 것처럼.

"원래 학자들은 연구할 거리를 던져 놓으면 주변 상황은 눈에 안 들어오는 법입니다."

한스가 대신 설명해 주었다.

한스를 비롯해 학자들의 눈 밑에 드리운 다크서클을 보면, 주변 상황이 안 들어온 게 아니라 못 들어온 것 같기도 했다.

"그나저나 가주님께서 좋은 소식을 들려주셨으니, 저희도 좋은 소식을 들려드리겠습니다."

"무엇인가?"

"백운보의 주석서는 완성되었고, 현재 풍월대검과 천설검 역시 8할 이상 완료되었습니다."

"예정보다 훨씬 빠르군."

"루크 도련님 덕분입니다."

"그게 무슨 말인가? 그 아이가 뭘 안다고."

한스의 대답에 율리안이 물음표를 띄웠다.

루크가 종종 연구실에 견학을 간다는 보고는 들었었다.

하지만 루크가 도움이 되면 얼마나 된다고 저런 말을 하는 것일까.

"지식은 아직 부족할지 몰라도 연구 센스는 타고난 것 같습니다."

"연구 센스라……."

"도련님이 저희에게 던지는 질문이 하나같이 날카롭습니다. 그리고 그 답변을 생각하는 과정에서 막혀 있던 부분이 풀리기도 하죠."

"호오, 그래서 이렇게 빠르게 연구를 마칠 수 있었던 것이군!"

"그렇습니다. 루크 도련님은 학자로서의 재능이 출중한 것 같습니다."

"뭘 그렇게까지 말하는가? 그냥 운이 좋았던 게지."

그렇게 말하면서도 율리안은 뿌듯했다.

테오 덕에 주석서의 열쇠를 찾았고, 루크 덕에 그 주석서 연구가 더욱 빨리 진행되고 있지 않은가.

두 아들의 아비로서 이보다 더 자랑스러울 순 없었다.

'그나저나 루크에게 그런 재능도 있었다니.'

이대로 루크를 비전 연구에 투입하면 어떨까 하는 생각이 들었다.

그렇지 않아도 연구실은 앞으로 슈넬덴에서 가장 바쁜 곳이 될 터였다.

당연히 현재의 인력으로는 턱없이 부족했다.

덤으로 루크의 능력을 시험해 보고 싶기도 했고.

'루크가 투입되면 조금이라도 도움이 되겠지?'

하지만 이는 자신이 무작정 결정할 게 아니었다.

당사자의 의견도 들어 봐야 하지 않겠는가.

'루크에게 전수할 비전도 있으니 겸사겸사 만나 봐야겠군.'

율리안은 그렇게 생각하며 연구실을 나왔다.

아침까지만 해도 짙었던 먹구름이 어느새 사라지고, 햇살이 내리쬐고 있었다.

'마치 현재 슈넬덴의 모습 같구나.'

당장이라도 목을 옥죄던 빚 독촉도 사라지고, 오랫동안 해석하지 못했던 비전도 되찾았다.

이것 말고도 여전히 해결해야 할 점은 많았지만, 그래도 나아갈 길이 보인다는 게 이다지도 기쁠 수 없었다.

'슈넬덴의 진정한 봄이 찾아올 때까지 조금만 더 버텨 보자.'

율리안은 속으로 다짐하며 본관으로 돌아갔다.

청상관 앞 정원.

이른 아침부터 그곳에선 흙먼지가 피어올랐다.

백운보의 주석서가 완성되자마자 전수가 시작된 것이다.

"백운보는 구름 위를 걷듯 가볍게 밟아야 합니다. 그렇게 먼지가 피어올라선 아니됩니다."

라히츠가 단호하게 말했다.

"애당초에 이런 흙바닥에서 움직이는데 먼지가 안 날리고 배겨?"

테오는 흙먼지를 잔뜩 뒤집어쓴 채로 투덜거렸다.

"선조들의 기록에 따르기를, 백운보의 극에 달하면 황무지에서도 먼지는커녕 인기척도 없이 움직일 수 있다 하셨습니다."

"그거 과장 아니야? 어떻게 사람이 인기척도 없이 움직이는 게 가능……!"

그는 하던 말을 멈췄다.

인기척도 없이 움직이는 사람.

그러고 보니 그가 아는 사람 중에도 그런 녀석이 있었다.

'루크가 딱 그렇잖아?'

그는 함께 보법을 연습하는 중이던 루크를 보았다.

루크는 그와 달리 흙먼지가 거의 날리지 않았다.

그러나 인기척이 하나도 느껴지지 않을 정도는 아니었다.

'하긴 집안 어른들도 지금껏 깨닫지 못했던 백운보의 오의를 저 녀석이 알 리가 없지.'

당연하다고 생각하며 넘어가려다가도, 묘한 이질감에 다시 고개가 돌아갔다.

생각해 보면 애당초 누구에게도 들키지 않고 본가를 나가는 것 자체가 쉬운 일이 아니었다.

각 문마다 항상 문지기들이 지키고 있는데, 거길 누가 몰래 통과할 수 있단 말인가.

라히츠가 말한 인기척이 느껴지지 않는 보법이라도 있다면 모를까.

'수상한 점이 한두 개가 아니야.'

그러나 테오는 굳이 그걸 캐물을 마음이 들지는 않았다.

들려올 대답은 뻔했으니까.

―꼬우면 날 이기든가.

지겹도록 들은 이 말을 또 듣게 될 것이다.

'적어도 나에게 해가 될 만한 행동은 하지 않겠지.'

테오가 그렇게 생각하고 있을 때였다.

"오늘은 여기까지만 하시죠. 저는 이만 주석서 연구를 도와주러 가야 해서요. 두 분 다 고생 많으셨습니다."

라히츠가 시계를 보며 말했다.

"시연 도와주랴, 그걸 우리에게 가르치랴…… 고생이 많아."

"도련님들께 슈넬덴의 비전을 제대로 알려 드릴 수 있다는 것만으로도 큰 즐거움입니다."

"연구는 좀 잘돼?"

"면목 없게도 도련님들이 집중 수련에 들어가신 이후로 진행이 빠르진 않습니다."

"초급 비전서인데도 그렇게 복잡한 거야?"

"슈넬덴의 비전에는 그만큼 깊은 뜻이 담겨 있으니까요. 그래도 한스가 금방 풀어낼 거라 믿습니다."

"그래, 너도 얼른 가 봐."

"그럼 가 보겠습니다."

테오는 라히츠를 향해 인사를 하고는 곧장 자리에 주저앉았다.

"후아, 아침부터 이게 뭔 개고생이야."

몇 시간 째 보법 수련을 한 탓에 온몸이 땀으로 축축했다.

특히 다리는 조금만 잘못 건드려도 쥐가 날 것 같았다.

"앞으로 주석서 하나가 만들어질 때마다 특별 아침 수련을 해야 하는 거겠지?"

"무슨 소리야."

루크가 옆으로 다가와 앉았다.

"주석 연구랑 상관없이 우리는 계속 이 시간에 수련하는 거지."

"뭐? 우리 저녁에도 운동하잖아."

"그것만으로는 부족해. 선조께서 남겨 주신 비전의 깊은 뜻을 이해하려면 끊임없이 수련해야지."

테오는 아까 한 생각을 취소했다.

자신에게 해가 되지 않을 거라고 했던가?

다시 보니 저놈은 자신의 몸을 부숴 버릴 작정이었다.

"그리고 형은 장차 큰일을 할 사람이잖아."

"내가 무슨 큰일을 할 사람이야?"

"슈넬덴은 변하고 있어. 그에 맞게 우리가 할 일도 달라질 거고."

루크의 말에 테오는 최근 본가의 모습을 떠올렸다.

이른 아침부터 움직이고 있는 건 비단 자신들뿐만이 아니었다.

다음 주석서를 쓰기 위해 연구가 한창인 학자들.

그들을 돕기 위해 시연을 자청하고 나서는 수석 기사들.

그리고 해석된 비전을 비밀리에 전수받고 있는 몇몇 제자들.

주변 가문들의 눈치 때문에 겉으로는 티가 많이 나진 않았지만, 지금 슈넬덴은 그 어느 때보다 활발하게 움직이고 있었다.

'이게 바로 슈넬덴의 본모습인가?'

그저 어른들이 하는 이야기나 책으로만 접해 왔던 슈넬덴의 옛 모습.

그 모습을 직접 보는 것 같았다.

"그래. 어쨌든 나도 변하긴 해야겠다, 네 말대로 변하고 있는 슈넬덴에 맞게."

테오가 몸을 일으켰다.

그의 얼굴에선 전에 없던 총기가 느껴졌다.

과거 테오가 슈넬덴의 희망이라 불리던 때의 모습이 저랬을까.

"얼른 밥이나 먹으러 가자. 먹는 것까지 운동이라며."

"제대로 배웠네."

루크도 몸을 일으키곤 그의 뒤를 따랐다.

🌀

'주석서 쓰는 게 생각보다 어렵나 보네.'

소월관으로 돌아온 루크는 입술을 쭉 내밀었다.

라히츠의 말을 들어 보니까 자신이 연구실에 들르지 않은 후부터 주석서 연구가 더딘 모양이었다.

'에잉, 그 정도 힌트를 줬으면 알아서 착착 알아먹어야지, 쯧쯧!'

루크는 한스를 떠올리며 혀를 찼다.

물론 한스의 입장에서는 억울할 수도 있었다.

비전 연구라는 게 힌트 좀 얻는다고 어디 금방 되는 것이던가.

만약 그게 가능했다면, 아예 슈넬덴의 주석서를 가진 가문들은 예전에 연구를 마치고 초일류 가문이 되었을 것이다.

게다가 현재 슈넬덴의 상황은 더 암울했다.

기사들의 수준은 과거에 비해 훨씬 부족하지, 그렇다고 연구 인프라가 제대로 갖춰져 있지도 않지…….

이런 환경에서 벌써 백운보의 오의는 깨달았으니, 오히려 성과가 우수하다고 평가할 수도 있었다.

한스가 아니었다면 이 정도로 해내지도 못했으리라.

'그래도 부족해.'

루크는 단호했다.

'이렇게 해서 어느 세월에 설풍검까지 배우겠어?'

뭐니 뭐니 해도 슈넬덴의 핵심 비전은 설풍검이었다.

설풍검이 없다면 훗날 있을 코넬리오와의 싸움에서 밀릴 수밖에 없을 터.

루크가 환생했을 당시에는 설풍검의 시옷도 생각할 수 없을 만큼 본가의 상황이 좋지 않았다.

그러나 이제는 달랐다.

슈넬덴은 더 이상 빚에 쫓기지도 않았고, 점차 옛 영광을 되찾을 준비를 하고 있었다.

이럴 때 설풍검의 연구까지 시작된다면 금상첨화이리라.

그러나 문제는 현재 슈넬덴의 비전 서고에는 그 중요한 설풍검이 없다는 것이다.

듣자 하니 내전 때 주석서는 고사하고 원문조차 유실되었다고 했다.

남은 거라고는 설풍검의 기초를 설명해 둔 초급서 원문뿐.

그것도 어렵게 되찾은 것 중 하나라고 했다.

당연히 처음에는 일을 이 지경으로 만든 멀빈과 자신의 자식들에게 화가 났었다.

그러나 사람은 적응의 동물이 아닌가.

이제는 거기에 일일이 화를 내기보다, 먼저 이를 어떻게 해결해야 할지부터 생각하게 됐다.

'당장 내가 설풍검 원문과 주석서를 써 줄 수도 없고.'

당장 초급 비전의 주석서만 해도 저렇게 헤매고 있는데, 설풍검을 제대로 연구할 수 있을 리가 없었다.

이제 막 뒤집기를 시작한 아이에게 달리기를 가르쳐서야 되겠는가.

게다가 본격적으로 설풍검의 연구를 시작하면 코넬리오에서도 이상한 낌새를 알아차릴 것이고.

'일단 지금은 나중을 위해 기초를 쌓는 쪽이 훨씬 현명해.'

루크가 그 방법을 고민하고 있을 때였다.

"도련님!"

토르빈이 다급하게 그를 불렀다.

오늘도 역시나 그는 숨이 넘어갈 것 같았다.

"어째 넌 안 뛰어올 때가 없는 것 같냐?"

"요즘 도련님이 일으키는 일들이 워낙 많으니까 그렇죠."

"그런가?"

"도련님을 10년간 모시면서 있었던 일보다 요 몇 달간 있었던 일이 더 많다고요."

"그래, 내 잘못이다. 그래서 이번에는 뭔데?"

토르빈은 잠깐 숨을 몰아쉬고는 다시 입을 열었다.

"가주님께서 도련님을 보자고 하십니다."

"아버지가 날? 뭐 때문에?"

"잘 모르겠습니다. 집사장님께서도 아무 언질이 없으셨고요."

보통 가주가 부를 땐 집사를 통해 대략적인 이유를 알려 준다.

그러나 이유에 대해 한마디도 언급이 없었다니.

"혹시 아버지가 연구실을 들르셨나?"

"예, 연구실을 들른 직후에 도련님을 부르셨습니다."

"그렇단 말이지."

"뭐 짐작 가는 거라도 있으십니까?"

"응."

"뭡니까? 혹시 뭐 잘못하신 건 아니죠?"

"내가 사고나 치고 다닐 사람으로 보여?"

"그럼 왜 가주님께서 도련님을 본관으로 부르신답니까? 직접 본관으로 부르는 경우는 흔치 않은데."

"그럴 만한 이유가 있으시겠지. 그럼 난 본관 갔다 올게."

루크는 여유롭게 자리에서 일어났다.

'내가 비전 연구에 도움을 줬단 이야기를 들었겠지?'

그리고 나서 자신을 부르는 거라면, 아마도 그 일에 대해 보상을 주려는 생각일 것이다.

백운보의 열쇠를 찾았을 때도 테오를 비슷한 방식으로 불렀다고 했으니 확실했다.

'어떤 보상을 주려나?'

루크는 내심 기대했다.

보상을 바라고 한 건 아니었지만, 어쨌든 보상을 준다고 생각하니 최대한 좋은 걸 받고 싶었다.

벌써부터 머릿속에선 뭘 받을 수 있을지 떠올랐다.

루크는 기대감을 갖고 본관으로 향했다.

"받거라."

"예."

쪼르르르.

루크는 율리안이 따라 주는 차를 받았다.

지난번에 토르빈이 예법 수업을 한다며 따랐던 차와 향이 같았다.

그가 알기로 원래 가주는 이보다 조금 더 괜찮은 차를 마셨다.

그런데도 이런 싸구려 차를 마시는 이유는 하나였다.

'연구비 마련하느라 긴축재정을 한다는 거겠지.'

짠내가 나긴 해도 좋은 징조였다.

자신의 품위 유지에 쓸 돈마저도 가문의 미래에 투자하고 있다는 의미였으니까.

루크가 만족스러워하고 있는 사이, 율리안이 먼저 입을 열었다.

"한스에게 듣자 하니 주석서 연구에 많은 도움을 줬다고 하더구나."

"과찬입니다. 뒷걸음질 치다가 쥐를 잡은 것뿐이죠."

"그런 것 치고는 꽤 전문적인 지식도 보여 줬다던데. 언제 학문을 공부했었느냐?"

"사실 검을 잡지 않던 때도 책을 놓지는 않았습니다."

루크는 담담하게 대답했다.

비전 연구를 귀띔해 주다 보면, 언젠간 가주로부터 이런 질문을 받을 거라고 예상했다.

당연히 그에 맞춰 둘러댈 거리도 준비해 뒀고.

"오, 마냥 시간을 흘려보내지만은 않았나 보구나. 장하다, 루크, 장해."

뿌듯해하는 율리안을 보고 있자니 마음 한구석이 찝찝했다.

토르빈의 말을 들어 보면 이 몸의 전 주인은 검은커녕 책도 놓고 그냥 시간만 축내고 있었다.

그러나 토르빈은 루크를 생각해 이를 가주에게 보고하지는 않았다.

그 덕분에 과거의 루크가 방에 틀어만 박혀 있던 시절에 정확히 뭘 했는지 율리안이 알 리가 없었다.

"아직 많이 부족합니다. 더 공부해야죠."

"겸손한 자세마저 보기 좋구나."

아무것도 모르는 율리안의 얼굴엔 웃음꽃이 피었다.

그저 독학을 한 것으로도 한스에게 극찬을 받을 정도라니.

이거야말로 재능 아니겠는가.

어쩌면 루크 역시 테오에 버금가는 재능을 가진 것일 수도 있었다.

한 세대에 천재가 둘씩이라니.

집안의 경사였다.

"비록 우연이라고 해도 네가 주석서 연구에 큰 도움이 된 것은 맞다. 그러니 그 공에 대해 치하하는 것이 마땅할 터."

"그렇군요."

드디어 기다리던 본론이 나왔다.

율리안의 손이 서랍 쪽으로 가는 게 보였다.

과연 무엇을 줄까.

돈이 가득 든 주머니?

아니면 영약 창고에 있는 마나 엘릭서?

"이걸 받거라."

그는 서랍 속에서 책 한 권을 꺼냈다.

그의 표정은 마치 깜짝 선물을 준비한 아버지 같았다.

그러나 루크의 눈은 급속도로 흥미를 잃어 갔다.

"이건 바로 '파도치는 서리'의 주석서이니라. 네 형도 배웠
던 우리 가문의 비전이지."

"아, 네."

그딴 거 한 수레를 가져다줘 봐야 나한데 쓸모가 있을까?

루크느 속으로 그렇게 외쳤다.

차라리 돈을 주든 마나 엘릭서를 주든 했으면 좋았을 텐데.

도저히 말이 예쁘게 나갈 수가 없었다.

루크의 이런 속마음도 모르고, 율리안의 표정엔 자부심이
가득했다.

"흥미롭네요."

"그렇지?"

율리안이 이토록 자신감을 보이는 이유가 있었다.

가문의 비전을 배운다는 건, 곧 그가 슈넬덴의 정식 기사

가 될 자질을 갖췄다는 의미였으니까.

그것도 가주에게 직접 비전을 전수받는다는 건 아주 영광스러운 일이었다.

그래서 테오도 파도치는 서리에 자긍심을 가지고 있는 거였다.

그러나 그건 어디까지나 보통의 슈넬덴가 사람이었을 때의 이야기였다.

너무 자기 자랑 같긴 해도, 루크는 슈넬덴의 역사를 통틀어 가장 뛰어나다는 평을 받던 가주였다.

그런데 고작 율리안에게 직접 비전을 배운다는 소리에 그가 좋아하겠는가.

지금 그의 마음 같아서는 가주 밑으로 전부 집합시켜 놓고 가르치고 싶었다.

더 듣고 있을 필요도 없었다.

그냥 다른 걸 달라고 직설적으로 말하는 게 더 나을 것 같았다.

그렇게 그가 막 입을 열려고 할 때였다.

'잠깐만, 이거 기회인가?'

루크는 소월관에서 하던 고민을 떠올렸다.

지금 이 상황을 잘만 이용하면 원하던 결과를 이끌어 낼 수 있을 것 같았다.

자연스럽게 후손들에게 설풍검의 예비 연습을 시키는 계

획 말이다.

"아버지께서 직접 가르쳐 주시다니 영광입니다."

드디어 루크에게서 원하던 반응이 나오자 율리안도 덩달아 신이 났다.

"네가 그럴 만한 자질을 갖췄으니 당연한 것 아니겠느냐."

"그렇군요. 그럼 언제부터 배움을 시작합니까?"

"녀석, 너도 무인이라고 비전을 배울 생각을 하니 마음이 급한 모양이구나."

"네, 최대한 빠를수록 좋을 것 같습니다."

"그 마음은 이해한다만, 처리할 일이 있어 이번 주에는 힘들겠구나. 다음 주부터 시작해도 되겠느냐?"

율리안이 미안해하며 말했다.

"아버지께서 바쁘시니 어쩔 수 없죠."

"그럼 본격적인 수업을 시작하기 전에 네가 먼저 예습해 보겠느냐?"

율리안은 슬며시 본론을 꺼냈다.

그는 이 과제를 통해 루크의 능력을 검증해 볼 생각이었다.

'좀 어렵긴 해도 한스가 극찬할 정도라면 해낼 수도 있겠지.'

만약 좋은 결과를 가져온다면, 당장이라도 연구실에 투입할 것이다.

실패하더라도 혼자서 비전을 공부한다는 건 루크의 실력 향상에 큰 도움이 될 테니 상관없었다.

"예습요?"

"그래, 그럼 나중에 가르침을 받을 때도 더 수월할 테니 말이다."

"그것도 좋겠네요."

예상외로 루크가 흔쾌히 받아들였다.

그러자 놀란 쪽은 오히려 율리안이었다.

그는 루크가 조금 망설일 거라고 생각했었다.

"너 혼자서 하기에는 꽤 어려울 텐데 괜찮겠느냐?"

"좀 막힌다 싶으면 형님이나 라히츠, 한스에게 물어보면 되죠."

아들의 학구적인 태도에 율리안은 흐뭇하게 웃었다.

"좋은 자세구나. 그래, 그럼 이 책을 가져가거라."

"감사합니다."

율리안은 책을 건네다 말고 멈칫했다.

'이 분위기는?'

루크에게서 전에 한번 봤던 이질감을 느꼈기 때문이었다.

코넬리오와의 만찬 때, 자신을 향해 코웃음을 치던 루크의 모습이 겹쳐 보였다.

"왜 그러세요?"

그러나 그것도 잠시.

루크는 금세 원래의 모습으로 돌아와 있었다.

"아, 아니다. 어서 받거라."

"네."

루크는 책을 받아 든 후 곧 방을 나갔다.

율리안은 그가 나간 문을 가만히 바라봤다.

'이번에도 내 착각이었나?'

그렇게 생각될 만큼 찰나의 순간이긴 했다.

'참 이상한 아이군.'

뒤늦게 재능이 개화했다고는 하지만, 사람이 저렇게나 달라지다니.

그러나 동시에 왠지 기대가 되기도 했다.

과연 루크가 저 주석서를 완전히 이해할 수 있을까.

그 생각에 이르자 율리안은 저도 모르게 웃고 말았다.

'나도 꼴에 아비라고 콩깍지가 쓰이나 보군.'

파도치는 서리가 어디 중소 무가의 비전도 아니고, 열다섯 살짜리 어린아이가 이해하기에는 난해한 부분이 많았다.

'그저 주석서를 일독하는 것만으로도 장한 일일 텐데.'

그러나 율리안은 모르고 있었다.

자신이 지금 그 비전을 만든 장본인에게 주석을 맡겼다는 사실을.

다음 권으로 이어집니다

꿈의 도약, 로크에서 하십시오
(주)로크미디어에서 신인 작가를 모십니다

즐거운 세상, 로크미디어는 꿈을 사랑하고 도전을 두려워하지 않는 작가
분들의 참신한 작품을 기다리고 있습니다. 21세기 장르 문학계를 이끌어 갈
차세대 선두 주자 (주)로크미디어에서 여러분의 나래를 활짝 펴 보시길
바랍니다.

모집 분야 판타지와 무협을 포함한 장르 문학
모집 대상 아마추어 작가, 인터넷 작가
모집 기한 수시 모집
   작품 접수 시 유의 사항
   1. 파일명은 작가명_작품명.hwp형식을 갖춰 주십시오.
   1. 파일에 들어갈 내용은 다음과 같습니다.
      − 성명(필명인 경우 실명을 밝혀 주세요), 연락처, 이메일 주소
      − 제목, 기획 의도
      − A4용지 1장 분량의 등장인물 소개
      − A4용지 2장 분량의 전체 줄거리
      − 본문
   1. 작품이 인터넷에 연재되고 있다면, 게시판명과 사이트의 구체적이고
      정확한 주소를 기재해 주십시오.

선택된 작품은 정식 계약 후 출판물로 간행되어 전국 서점에 유통됩니다.
작가 분은 (주)로크미디어의 전폭적인 지원하에 전속 작가로 활동하시게 됩니다.
※ 자세한 내용은 로크미디어 홈페이지(rokmedia.com)를 참조하세요.

(04167)서울시 마포구 마포대로 45 일진빌딩 6층
(주)로크미디어 편집부 신간 기획 담당자 앞
전화: 02) 3273-5135
www.rokmedia.com   이메일 : rokmedia@empas.com

One for all 원포올

일라잇 스포츠 장편소설

작렬하는 슛, 대지를 가르는 패스
한계를 모르는 도전이 시작된다!

축구 선수의 꿈을 품은 이강연
냉혹한 현실에 부딪혀 방황하던 중
운명과도 같은 소리가 귓가에 들어오는데……

당신의 재능을 발굴하겠습니다!
세계로 뻗어 나갈 최고의 축구 선수를 키우는
'One For All' 프로젝트에, 지금 바로 참가하세요!

단 한 번의 기회를 잡기 위해
피지컬 만렙, 넘치는 재능을 가진 경쟁자들과
최고의 자리를 두고 한판 승부를 벌인다!

실력만이 모든 것을 증명하는
거친 그라운드에서 당당히 살아남아라!

기갑천마

거짓이슬 퓨전 판타지 장편소설

종말을 막지 못한 절대자
복수의 기회를 얻다!

무림을 침략한 마수와의 운명을 건 쟁투
그 마지막 싸움에서 눈감은 무림의 천하제일인, 천휘
종말을 앞둔 중원이 아닌 새로운 세상에서 눈을 뜨는데……

"천휘든 단테든, 본좌는 본좌이니라."

이제는 백월신교의 마지막 교주가 아닌 평민 훈련병, 단테
그럼에도 오로지 마수의 숨통을 끊기 위해
절대자의 일 보를 다시금 내딛다!

에이스 기갑 파일럿 단테
마도 공학의 결정체, 나이트 프레임에 올라
마수들을 처단하고 세상을 구원하라!